나의 문은 항상 열려 있습니다

PAPA FRANCESCO

나의 문은 항상 열려 있습니다

안토니오 스파다로와의 대담집

국춘심 옮김

솔

번역자의 일러두기

- 외국어 고유명사의 표기는 일반적 외국어 표기 방식 안에서 가능한 한 원어의 발음을 원칙으로 하되 '베드로', '바오로', '요한', '프란치스코', '마태오'처럼 한국인들에게 보편적으로 받아들여져서 굳어진 발음은 그대로 따른다.
- 원문에 포함된 각주(脚註) 외에 천주교 신자만이 아니라 천주교에 대해 잘 알지 못하는 독자의 이해를 돕기 위해 번역자의 각주를 붙인다.
- 성 이냐시오의 『영신 수련』의 인용은 정제천의 번역본(2012년판)을, 예수회 내부 문서의 인용은 예수회 한국관구의 번역을 존중하되 이 책의 원문인 이탈리어의 문장에 준하여 옮겼다. 예수회 내부 문서의 번역문을 제공해주신 예수회 최홍대 마태오 신부님께 감사드린다.

이 책이 나오기까지

2013년 9월 19일, 『치빌타 카톨리카』La Civiltà Cattolica[1]와 열다섯 개의 나라에서 발행하는 서로 다른 열다섯 개의 예수회 잡지에 교황 프란치스코의 인터뷰 기사가 나갔을 때부터 나의 인생은 어떤 식으론가 바뀌었다. 내가 소화하기 힘들었던 매스미디어의 눈사태는 차치하고 단지 한 가지 사실만 명확히 밝히고 싶다. 나는 친구들만이 아니라 세계 각지로부터 쇄도하는 일반인들, 평범한 사람들의 이메일, 편지, 트윗, 문자메시지, 전화, 페이스북의 내 프로필에 달리는 포스팅을 수천 개도 넘게 받았는데, 그들 중 어떤 사람은 140자 이내로, 또 다른 사람들은 긴 편지로, 인터뷰에 대한 자신들의 체험을 나에게 이야기했다.

　나는 이런 일을 기대하지 못했다는 것을 순진하게 인

1　역주. 『치빌타 카톨리카』는 이탈리아 예수회에서 발행하는 잡지로 "가톨릭 문명"이라는 의미이다.

정해야겠다. 내가 체험한 이 모든 것은 내 소화 능력을 넘어서는 것이었다. 많은 사람이 자신들이 받은 감동을 이야기했는데, 여러 해 전에 교회를 떠났던 사람들, 심지어 사제직을 떠났던 사람들, 그리고 불가지론자不可知論者들이 인터뷰 기사를 읽으면서 복음서를 다시 읽고 싶은 마음이 들었다고 했으며 어떤 사람들은 교황의 "개방"을 염려했다. 한편 다른 사람들은 교황의 말이 자신들에게 준 에너지에 대해 감사했다. 특히 고통 속에 있는 사람들의 메시지를 많이 받았는데, 그들은 교황의 말에서 새로운 희망을 감지했다. 어떤 기자가 이 인터뷰에 대해 엄청난 특종이라고 말했을 때 나는 즉시 이렇게 대답할 필요를 느꼈다. "아니에요! 이건 하나의 위대한 영적 체험이었고 지금도 그렇습니다."

✠✠✠

나는 언젠가 텔레비전 토론에서 농담 삼아 "나에게 이 체험이 얼마나 풍요로웠는지 그에 대해 책을 한 권 쓸 수도 있을 것 같다."라고 말했다. 그 순간부터 많은 사람이 나더러 책을 쓰라고, 그것도 서두르라고 진지하게 독려했다. 이 책은 그 독려의 말들이 가져온 결실이다. 이 책은 두어 개의 오자誤字를 교정한 인터뷰 본문을 담고 있다. 하지만 사실은 그 내용을 심화하고 해설하는 자료를 제공함으로써 인터뷰 본문을 주의 깊게 다시 읽는 기회가 되기를 바란다. 이 말이 무슨 의미인지 설명하겠다. 프란치스코 교황을 인터뷰한다는 것은 이를테면 불가능하다. 그는 원래 답변에서는 구체적인 하나의 질문에 간결한 문장으로 답하는 경우가 드물다. 교황은 화산과도 같아서, 대화하기를 좋아하고 이런 이야기 저런 이야기를 열어놓고는 다시 처음의 이야기로 돌아가기를 좋아하는데, 특히 논리적 담화와 개인적인 일들을 기억하기를 좋아한다. 어떤 구체적 체험에 준거하지 않고는 대화하지 않는다. 글을 쓸 때는 좀 더 추상적일 수 있지만 말로 대화할 때는 그렇지 않다. 그의 추론은 추상적 개념으로 이루어지는 것이 아니고 실제 삶에 대한 숙고요 교환인 것이다. 적어도 이것이 세 번에 걸친[2] 오후의 시간에 그와 대화한 나의 체험이다.

  결국 출판된 형태로 나온 우리의 대담은 교황이 검토

---

2 역주. 인터뷰는 8월 19일, 23일, 29일 오후에 이루어졌다.

한 만큼 믿을 만하고 유기적으로 연결된 하나의 이야기를 요약한 것인데, 나에게 그 이야기는 고갈되지 않는 정보와 내용을 가진 광산鑛山으로 남아 있다. 여러 가지 이유로, 특히 정보의 양이 너무 늘어나지 않도록 하고자 인터뷰의 최종 원고에는 몇 가지 일화들과 교황의 동작, 표정 등에 대한 표현은 넣지 않았었다. 사실 잡지에 실린 인터뷰는 이런 것들을 어느 정도 포함하고 있지만—나는 그것들을 삽입할 수 있도록 일부러 이야기식 문체를 선택했다.—그럼에도 불구하고 그것들 중 일부는 빠져 있었다. 예수회원으로서, 또 부에노스아이레스의 대교구장[3] 추기경으로서 호르헤 마리오 베르골리오의 연설, 강론, 글에 대한 구체적인 언급들이 대화에서 이루어지곤 했는데 그것 역시 빠졌다.

　이제 최종적으로 이 책에서는 인터뷰의 내용을 문화적 · 사목司牧적 관점에서만이 아니라 인간적 · 전기적傳記的 관점에서도 더 잘 드러내기 위해 그렇게 생략되었던 모든 것을 해설의 형태로 복구하고자 했다. 교황은 이런 대

3　역주. '대교구大敎區'는 가톨릭교회의 행정단위의 하나인 교구들 중 대주교에게 맡겨진 교구를 가리키는 '대주교구大主敎區'의 줄임말로 한국에서는 서울, 대구, 광주교구가 이에 해당한다.

목들을 다시 살려 삽입하도록 허락해주었다. 나는 또 본 인터뷰에서 일종의 "무대 뒤 이야기"도 포함시켰다. 더 나아가 교황 프란치스코의 말을 교황 선출 이전에 그가 쓴 글과 교황으로서 다른 기회에 했던 말들의 치밀한 짜임새에 비추어 이해하는 해석학도 전개하였다. 이런 방법이 교황이 하는 말을 더 잘 이해하는 데 유익하다는 것을 확인하였는데, 특히 논란거리가 되는 몇 부분에서 혹은 독자가 굳이 알 필요가 없는 내용이나 사건들에 관해 언급되는 대목에서는 이런 해석학을 전개했다.

✠ ✠ ✠

어찌 보면 이 인터뷰는 하나의 기적이다. 인터뷰는 유럽 예수회의 문화 잡지들과 칠레와 베네수엘라의 예수회 잡지 편집장들의 아이디어에서 시작되었다. 이어서 우리는 미국의 예수회 잡지도 이에 합류하도록 초대했는데, 나는 그 잡지 제작진이 교황에게 몇 가지 질문을 써 보내려고 했다는 것을 이미 알고 있었다. 그러니까 교황과의 인터뷰만이 아니라 그 내용이 동시에 열여섯 개 잡지에 실리도록 여러 나라 말로 신속히 번역하는 문제도 이 계획의 일환이었다.

그렇게 해서 2013년 9월 19일 17시(로마 시각)에 이 일이 이루어졌다. 확실히 세상 절반을 차지하는 나라들에서 나오는 이 모든 잡지들의 협연은 기적이었다. 그리고 소식이 사전에 새나가지 않았다는 사실도 기적이었다. 편집부 전체와 번역자들과 기술담당자 등 모두가 관여하는 복잡한 작업인 만큼 사전에 소식이 새나가는 것은 아주 쉽고도 언제든지 벌어질 수 있는 일이었는데 말이다.

사실을 말하자면 우리는 어떤 유명 일간지가 신문의 공식 배포 여덟 시간쯤 전에 인터뷰 기사 전문을 확보했다는 것을 알았다. 그러나 교황을 존중하는 의미로 17시까지는 발표 제한시간을 준수하리라는 것도 알았다. 일간지가 그런 특종을 포기했다는 것 또한 어쩌면 기적이었다.

❉❉❉

1850년에 창간될 때부터 잡지 『치빌타 카톨리카』는 항상 교황청과 긴밀한 관계를 유지해왔지만 교황을 인터뷰한 기사를 싣는 것은 처음이다. 편집을 맡은 우리 예수회

원들은—애초부터 편집은 언제나 예수회원들로만 구성
되기 때문에—이를 기쁘게 여긴다. 나로서는, 이제 하나
의 체험을 나누고자, 그리고 많은 분들의 메시지 덕분에
은총의 시기를 계속 살아가고 있음에 감사하면서 이 책
을 독자에게 넘긴다.

안토니오 스파다로 신부, S. I.

『치빌타 카톨리카』 편집장

@antoniospadaro

산타 마르타, 8월 19일 월요일 9:50

2013년 8월 19일 월요일이었다. 프란치스코 교황은 나에게 산타 마르타[4]에서 10시에 만나자는 약속을 했다. 하지만 나는 부친으로부터 물려받은 성품 덕에 항상 미리 도착할 필요가 있다고 믿는 사람이다. 나를 맞이한 사람들은 어떤 작은 방으로 나를 안내했다. 기다림은 그리 오래가지 않았다. 2분 정도 지나서 승강기를 타는 곳으로 안

---

4 역주. '산타 마르타'는 '성녀 마르타의 집'을 줄여 부르는 이름으로, 바티칸 경내에 자리한 성직자용 게스트 하우스다. 로마에 일정 기간 머물거나 교황청에 근무하는 성직자들이 주로 이용한다. 프란치스코 교황도 추기경으로서 교황 선거 기간 중 이곳에 머물렀는데, 교황 선출 후에도 계속 이 집을 숙소로 삼고 있다.

내를 받았다. 그 2분 동안 나는 리스본의 몇몇 예수회 잡지 편집장들의 모임에서 모두 함께 교황 인터뷰를 싣자는 제안이 나왔던 일을 기억했다. 나는 모두의 관심사를 표현할 만한 몇 가지 질문들을 추정하면서 다른 편집장들과 함께 토론을 했었다. 승강기에서 내리자 교황이 이미 문 앞에서 나를 기다리고 있는 것이 보였다. 아니, 실제로는 그와의 사이에 문이 아예 없었던 것 같은 기분 좋은 느낌을 받았다. 나는 교황의 방으로 들어갔고 교황은 나에게 소파에 앉도록 권했다. 그는 더 높고 딱딱한 의자에 앉았는데 그의 등에 문제가 있기 때문이었다. 단순하고 간소한 환경이었다. 책상의 작업공간은 좁았다. 가구들만이 아니라 물품들도 본질적인 것들만 있다는 사실이 인상적이었다. 책도, 종이도, 물건들도 수가 적었다. 그 중 성 프란치스코의 성화聖畵 하나와 아르헨티나의 수호성인 루한Luján의 성모상[5], 십자가 하나와 잠자는 성 요셉

---

5 역주. 부에노스아이레스의 중심에서 70km 정도 떨어진 도시 루한의 성모 대성당에 모셔진 성모상. 1630년 브라질 상파울루에서 제작된 38cm의 작은 성모상을 실은 마차가 루한을 지날 때 갑자기 정지하여 어떻게 해도 움직이지 않자 이곳에 성모상을 모시기로 하고 대성당을 지었다.

6 역주. 다양한 의미를 가진 "꼴레지오"collegio라는 단어에 해당하는 한국

상像이 있었는데, 이 성 요셉상은 그가 산 미겔의 막시모 꼴레지오[6]에서 살 때 원장이자 관구장이었던 그의 방에서 내가 보았던 것과 비슷한 것이었다. 베르골리오의 영성은 "조화를 이룬 힘들"로—그는 이렇게 표현했을 것이다—이루어진 것이 아니고 인간의 얼굴들로 이루어져 있다. 그리스도, 성 프란치스코, 성 요셉, 마리아라는 인간의 얼굴들로.

교황은 이미 여러 차례 세상에 널리 알려진, 사람들의 마음을 여는 그 미소로 나를 맞았다. 우리는 여러 가지 화제로 대화하기 시작했는데, 특히 그의 브라질 여행에 대해서 이야기했다.[7] 교황은 그 여행을 하나의 참된 은총으로 여기고 있었다. 내가 그에게 좀 쉬었는지 묻자, 그는 그렇다고, 또 건강이 좋다고 말했다. 특히 세계 청년대회는 자신에게 하나의 "기적"이었다고 했다. 그는 많은 군중에게 말하는 일이 결코 익숙하지 않다고 했다.

"나는 사람들 개개인을 한 사람씩 바라보고 내 앞에

어가 없어서 그대로 사용한다. 여기에서는 수도회나 그 밖의 교회 단체에 속한 일종의 기숙학교 형태의 공동체를 가리킨다.

7 역주. 2013년 7월 23일~28일에 브라질 리우데자네이루Rio de Janeiro에서 열린 제28차 세계 청년대회에 다녀온 여행.

있는 사람과 개인적인 방법으로 접촉할 수는 있지만 군중에게는 익숙하지 않아요."

나는 그에게 사실 그렇다고, 그렇게 보인다고, 그리고 그런 모습이 모든 사람에게 인상적이라고 말했다. 그가 사람들 사이에 있을 때 그의 눈길이 실제로 개개인 위에 머무는 것이 보인다. 또 텔레비전 카메라가 그 모습을 보여주기에 모두가 그것을 볼 수 있다. 그렇게 해서 그는 앞에 있는 사람과 적어도 눈으로 계속 자유롭게 직접적인 접촉을 할 수 있는 것이다. 그는 그것이 만족스러운 것 같았다. 곧 자기 자신일 수 있는 것, 코파카바나 Copacabana 해변에서와 같이 자기 앞에 수백만 명의 사람들이 있을 때도 다른 사람들과 소통하는 자신의 통상적인 방법을 바꾸지 않아도 되는 것이 말이다.

내가 녹음기를 켜기 전에 우리는 다른 이야기도 나누었다. 내 출판물 하나에 대해 이야기하면서 그는 나에게 자신이 좋아하는 두 명의 현대 프랑스 사상가는 앙리 드 뤼박[8]과 미셸 드 세르토[9]라고 말했다. 나는 더 개인적인

8　역주. Henri de Lubac(1896~1991). 예수회 신학자. 1927년 사제품을 받고, 리옹 가톨릭 대학에서 정년퇴임 때까지 가르쳤다. 저서로는 『초자연

것에 대해서도 이야기했다. 그도 역시 나에게 자신에 대해, 특히 교황직 선출에 대해 말했다. 3월 13일 수요일 점심식사 중, 자신이 선출될 위험을 알아차리기 시작했을 때 자기 외부의 온 세상에 내린 완전한 어둠, 그 깊은 암흑과 함께 자기 위에 어떤 깊고도 설명할 수 없는 평화와 내적 위로가 내리는 것을 느꼈다고 말했다. 이 느낌은 선출에 이르기까지 줄곧 그와 함께했다.

사실 나는 더 오랫동안 계속 그렇게 친밀하게 이야기하고 싶었다. 하지만 나는 메모해둔 몇 가지 질문이 적힌 종이를 꺼내고 녹음기를 켰다. 우선 나는 이 인터뷰 기사를 실을 예수회 잡지들의 편집장 모두의 이름으로 그에게 감사를 표했다.

2013년 6월 14일 『치빌타 카톨리카』의 예수회원들에

성에 대한 연구』, 『불교의 관점들 I』, 『교회에 관한 묵상』 등이 있다. 1958년 프랑스 학술원 회원으로 추대되었고, 1960년 8월 제2차 바티칸 공의회 신학 자문위원으로 활동했으며, 1983년 2월 2일 추기경에 임명되었다.

9 역주. Michel de Certeau(1925~1986). 사회이론가. 1956년 사제품을 받고, 소르본 대학에서 박사학위를 받았다. 프로이트, 라캉 등의 영향을 받았고, 파리 프로이트 학회 창립 멤버이다. 저서로는 『La Culture au Pluriel』(1974), 『L'Ecriture de l'Histoire』(1975), 『Histoire et psychanalyse entre science et fiction』(1987) 등이 있다. 제네바, 샌디에이고, 파리의 여러 대학에서 가르쳤다.

게 허락된 알현이 있기 조금 전에 교황은 나에게 인터뷰를 하는 데 있어서 자신이 가지고 있는 커다란 어려움에 대해 말했다. 그는 인터뷰에서 순간순간 답을 던지는 것보다는 생각하는 것을 더 선호한다고 말했다. 올바른 답변들은 첫 답변을 하고 난 다음에야 떠오른다며 그는 이렇게 말했다.

"리우데자네이루에서 돌아오는 비행기 안에서 저에게 질문을 하는 기자들에게 답할 때 저는 저 자신을 인식하지 못했지요."

그건 사실이었다. 이 인터뷰에서 교황은 어떤 질문에 답하면서 여러 번 그전 질문에 무언가를 추가하기 위해 말하던 내용을 중단하곤 했다. 교황 프란치스코와 대화하는 것은 서로 엮인 생각들이 화산처럼 분출하는 것과 같았다. 심지어는 메모를 하는 것조차 솟아나는 대화를 중단시키는 것 같은 조심스러운 느낌이었다. 교황 프란치스코는 강의보다는 좌담에 더 익숙한 것이 분명했다.

교황 프란치스코를 인터뷰한다는 것 ──────

교황 프란치스코와 일대일로 대화한다는 것은 하나의 영
적 체험이다. 긴 시간 동안 그의 곁에 머물다 보니 하느
님 안에 깊이 잠겨 있는 한 사람을 보는 느낌이 들었다.
개신교 복음주의의 유명한 세계적 지도자인 그의 친구
루이스 팔라우Luis Palau[10]는 언젠가 그에 대해서 이렇게 말
한 적이 있다.

"베르골리오와 함께 있으면 하느님 아버지를 개인적
으로 아는 듯한 느낌을 받는다."

사실 그랬다. 특히 자유로운 사람 앞에 있다는 느낌,
영적 자유의 느낌, 삶 안에, 삶의 역동성 안에, 애정 안
에 충만하게 참여하는 그런 영적 자유의 느낌을 받는다.
그는 자기 자신을 편안하게 대하는 여유로운 사람인 것

─────────────

10 역주. 미국의 개신교 지도자(1934~). 아르헨티나의 부에노스아이레
스에서 태어나 18살 때부터 설교를 시작했다. 1960년 미국 오레곤 주 포틀
랜드로 이주해 물트노마Multnomah 신학교에서 신학을 공부했다. 저서로
『부흥』, 『강변대화』 등이 있다.

이다.

　호르헤 마리오 베르골리오는 대단한 유머 감각을 지녔다. 하지만 삶의 진지함에 대한 감각 또한 지니고 있는데 이것이 그로 하여금 엄격하면서도 결코 음울하지 않은 사람이게 한다. 그는 자기 앞에 있는 사람에게 아주 깊은 주의를 기울이며, 사람들의 삶의 역사 안에 들어가 잠길 줄도 아는 사람이다. 그의 인간성은 그야말로 "차분한 무질서"로서, 결코 성문화成文化되지 않는, 곧 격식에 매이지 않는 관계를 요구한다. 곧 형식적인 인터뷰에서 흔히 있을 수 있는 그런 관계와는 다른 관계를 요구하는 것이다. 그래서 나는―어떻게, 왜 그랬는지는 기억하지 못하지만―그에게 내 부모 그라치아와 산티에 대해 이야기했다. 그는 이에 대해 감사했다. 그는 나에게 자신의 할머니 로사에 대한 이야기, 가족과 산책했던 이야기, 영화관에 간 이야기 등을 했다. 물론 모두 녹음기를 끈 채로 한 대화였다. 나는 녹음기를 켜기가 힘들었다. 마치 그 디지털 버튼을 누르면, 그 순간까지 사적으로 이어져온 담소의 의미가 제한되기라도 할 것 같아서였다.

　나는 책상 앞에 종이와 펜을 놓아두고 있었고 메모도 했다. 그러나 이것도 얼마 가지 못했다. 휘갈겨 쓴 내 글

씨로 채워지는 그 백지가 매끄럽고 유연하게 흐르는 대화에 하나의 장해물이자 여과기가 되어가고 있었던 것이다. 곧 나는 종이와 펜을 한쪽으로 치워놓고 자유롭게 그와 대화하기로 작정했다. 녹음기는 제 역할을 했을 것이다. 대화는 유연하게 흘러갔다. 예수회에서 받은 양성養成[11]이라는 배경이 우리에게 공통의 언어를 부여하기도 했던 것은 물론이다.

교황은 나더러 자신의 말이 명확하지 못하거나 동의할 만하지 않으면 자신에게 이의를 제기하는 것을 두려워하지 말라고 분명하게 말했다. 물론 나는 교황에게 반론을 제기하려고 그 자리에 있는 것은 아니었지만 그의 그러한 권유는 진지하고 정직한 대화의 의지를 드러내는 것이었다. 세부적인 요소 하나가 나에게 이를 확신시켜주었는데, 그것은 그가 앙리 드 뤼박과 미셸 드 세르토를 좋아한다는 사실이었다. 나는 드 뤼박에 대해 알고 있었고 여러 차례 그의 글을 인용한 바 있었지만 드 세르토에 대해서는 몰랐다. 이 두 사람은 서로 긴밀한 관계에 있었

---

11 역주. 여기에서는 수도자가 되려는 사람에게 교회의 가르침과 그 수도회의 고유한 정체성 및 사명에 따라 실시하는 제반 교육을 말한다.

던 예수회원이었다. 드 세르토는 1950년에 예수회원이 되었는데, 드 뤼박의 사상에 영감을 받았기 때문이기도 했다. 그는 드 뤼박과 아주 조화로운 일치를 이루었다. 그렇지만 1971년 드 뤼박은 제자인 드 세르토에게서 완전히 그리고 독하게 갈라선다. 교황이 지금 그 둘을 함께 묶어 인용한 것이 나에게는, 갈등에 대해, 반드시 화해를 이루지는 않는 서로 다른 입장들을 향해 열려 있는 생각을 보여주는 표지로 여겨져 놀라웠다.

베르골리오는 오래전부터 이러한 입장을 지니는 법을 배워왔다. 2009년 9월 19일 산 카예타노 데 리니에르스 콜레지오에서 제12차 '사회사목社會司牧의 날'을 마치면서 그는 이렇게 말했다.

"더 심각한 위험, 더 나쁜 병은 생각을 균일화하는 것, 곧 지성과 감정의 자폐증으로서, 이는 사물을 나의 거품 안에서 파악하게 만들지요. 그래서 타자성他者性과의 대화를 회복하는 것이 중요합니다."

그의 마음에는 다름의 화합도, 곧 다름이 함께할 수 있다는 사실도 들어 있다. 그래서 그는 하나의 표상을 만들었는데, "모든 부분적인 것들의 연합으로서, 부분적 요소 각각의 독창성을 일치 안에서 보존하는"[12] 다면체多面體

가 그것이다.

어쨌거나 나는 아주 편안하게 느끼고 있었다. 하지만
그것과는 별개로 일종의 역설을 알아차리고 있었는데,
내가 교황 앞에 있다는 사실을 '알고' 있었고 그의 권위
를 지각하고 있었던 것이다. 하지만 그와 나 사이에 놓인
공간에서 그 어떤 거리감도 느끼지 못했다. 그의 권위는
흔히 성직자에게서 느껴지는 거리감이 아니라, 친근한
개방성과 '가까움'에 어울리는 것이었다.

✠✠✠

하지만 어느 한순간 나는 화산 위에 앉아 있는 듯한 인
상을 받았다. 교황에게 그 말을 했는데 그가 못 들은 척
한 것으로 믿는다. 교황은 꿈을 꾸는 사람이었다. 흔히
말하는 대로 꿈을 믿는다는 의미가 아니라 소망이라는
꿈을 믿는다는 그런 의미에서다. 하지만 그는 막연한 꿈

---

12 호르헤 마리오 베르골리오, 『시민으로서의 우리, 백성으로서의 우리-정
   의와 연대 안에서 200주년을 향하여 2010~2016』*Noi come cittadini. Noi
   come popolo. Verso un bicentenario in giustizia e solidarieta 2010~2016*, Jaca
   Book-Libreria Editrice Vaticana, Milano-Città del Vaticano 2013, p. 68.

에, 향수 어린 추억이나 자신이 "프루스트적 구름"이라고 말한 것에 사로잡히기에 너무 실제적이고 구체적인 사람이다. 오히려 그는, 성경에서 의미하는 바대로, 하느님과 만남의 자리로 이해되는 꿈을 믿는다. 거기에서 그의 에너지가 나온다. 교황이 자신의 책상 앞에 잠자는 성 요셉상을 놓아두고 있는 것은 우연이 아니다. 심지어 방문 앞에 있는 탁자 위에도 그와 비슷한 다른 상像이 하나 있다. 이 작은 상은 천사가 요셉에게 "다윗의 자손 요셉아, 두려워하지 말고 마리아를 아내로 맞아들여라."(마태 1:20) 하고 말하는 꿈을 형상화하고 있다.[13] 내가 보기에 바로 이 작은 상이 베르골리오의 활동과 직무를 가장 잘 드러내는 표상인 것 같았다. 성 요셉의 꿈과 그 결과로 따라오는 바 그 꿈에 대한 '불굴의 순종'을 가장 잘 드러내는 것이다.

"두려워하지 말고 ……", 이 말씀은 그가 나에게 말했듯이 위로로 가득 찬, 그러나 미래에 일어날 일에 대한 모호함의 느낌도 깊이 스며든 그의 "받아들입니

---

13 호르헤 마리오 베르골리오, 『여러분의 정신을 마음을 향해 여십시오』 *Aprite la mente al vostro cuore*, Rizzoli, Milano 2013, p. 41 참조.

다.accepto"[14]라는 대답에 있었던 그 내적 확신임에 틀림없다. 그 순간부터 모든 것이 그에게는 하나의 놀라움이 되었다. 성 요셉에게 그러했듯이 말이다. 인터뷰 중 어느 순간 그는 이렇게 말했다.

"로마에서와 같이 리우에서도 광장들을 사람들로 채우는 것은 바로 주님이십니다. 모든 것이 저에게는 하나의 놀라움이에요. 저는 저 자신에게도 놀라고 있어요."

사람들과 함께 있으면 어떤 "정감"이 솟아올랐는데, 이 정감은 사실은 아주 더 심오한 어떤 것이다. 아브라함 요수아 헤셸[15]이 말하는 그 정감, 하느님의 말씀을 듣는 사람의 감정을 끌어들이면서 자기 삶을 그 말씀에 조화시키는 예언자와 관련된 그 정감인 것이다.[16]

그리고 성 요셉은 또한 '지킴'으로 특징지어지는 삶의

---

14 역주. 교황 선출을 받아들일 것인지 여부를 묻는 추기경단장의 말에 대한 답변.
15 역주. Abraham Joshua Heschel(1907~1972). 유대인 사상가. 독일 베를린 대학에서 박사학위를 받았고, 미국으로 건너가 유대교-그리스도교 대화에 힘썼다. 미국의 베트남 정책에 반대해 저항 운동을 했고, 마틴 루터 킹 목사와 함께 흑인 인권 운동을 하기도 했다. 저서로는 『안식』, 『예언자들』 등이 있다.
16 A. J. Heschel, 『예언자들의 메시지』*Il messaggio dei profeti*, Borla, Roma 1981, p. 116.

체험의 '연결선'[17]이기도 하다. 요셉 성인의 축일인 3월 19일, 그의 베드로 직무[18]의 취임 미사 중에 프란치스코 교황은 바로 요셉처럼 "지킴이"의 과제를, 곧 "세상에서 일어나는 사건들을 현실주의로써 이해하고", "주변의 일에 주의를 기울이며", "더 현명한 결정을 내릴" 수 있도록, "하느님께 끊임없이 주의를 기울이고 표징에 열려 있는 상태"로 살아가는 것을 자신의 특수한 과제로 느낀다고 말했다. 베르골리오에게 이 '주의를 기울이기'는 항상 "하느님께서는 우리를 놀라게 하신다."라는 것을 알고 있음을 의미한다. 그가 묻는 것은 이것이다. "마리아처럼 하느님께서 나를 놀라게 하시도록 둘 것인가, 아니면 문을 닫고 나의 안정—물질적 안정, 지적 안정, 이념적 안정, 내 계획의 안정—속에 들어앉아 있을 것인가?"[19]

여전히 녹음기가 꺼진 상태에서 나는 프란치스코 교황에게 그의 많은 행위가 성 이냐시오[20]가 대단히 사랑했던

---

17 역주. 문장부호의 하나로 두 단어를 연결하는 하이픈(-)을 가리킨다.
18 역주. "베드로 직무"는 사도 성 베드로의 후계자로서의 교황의 직무를 가리킨다.
19 2013년 10월 13일 주일, 성 베드로 광장에서의 교황 프란치스코의 미사 강론. 이 책에 인용된 교황 프란치스코의 모든 연설과 강론은 교황청 누리집 www.vatican.va에서 찾아볼 수 있다.

교황 마르첼로 2세(1501~1555)를 상기시킨다고 말했다. 때
이른 서거로 인해 지극히 짧았던—한 달도 채 되지 않았
던—그의 교황직 재임기간은 교회 개혁의 수많은 희망
을 돌연히 밝혀주었는데, 당시의 최고 음악가들 중 하나
인 팔레스트리나[21]가 그를 위해 가장 수준 높은 화성음악
和聲音樂 중 하나인「마르첼로 교황의 미사」를 작곡한 것
때문에도 그는 오늘날까지 기억된다. 나는 예수회가 교
황 마르첼로에 대해서 기록한 공문 몇 개를 가지고 있었
는데, 그 중 몇 구절을 그에게 읽어주었다. "그가 교황
으로 선출되자마자 '천사의 성'[22]과 다른 장소들에서 해

---

20 역주. 예수회의 설립자이자 초대총장. 스페인 바스크 지방 로욜라 귀
족 가문의 기사 출신으로 본명은 이니고 로페즈 데 로욜라Inigo Lopez de
Loyola(1491~1556)이다. 통상적으로 불리는 '이냐시오 로욜라'는 '로욜
라 출신의 이냐시오'라는 의미이다. 종교개혁기에 가톨릭 교회를 보호하
고 쇄신하는 데 중요한 역할을 하였다.

21 역주. Giovanni Pierluigi Palestrina(1525?~1594). 로마 교황청에 있는
줄리안 교회당의 음악장을 역임했고, 역대 교황의 신임을 받으며 여러
종교음악을 만들었다.

22 역주. 성 베드로 광장에서 200여 미터쯤 떨어진 테베레 강가에 있는 원
형 성채로, 원래 로마제국의 황제 하드리아누스가 자신과 가족을 위해
세운 무덤이었는데, 현재는 군사 박물관으로 사용된다. 6세기경 로마에
흑사병이 퍼졌을 때, 교황 그레고리오 1세가 이 성 꼭대기에 대천사 미카
엘이 나타나 칼을 칼집에 넣는 환시를 본 후 흑사병이 사라졌다고 한다.

오던 즐거움의 표시들을 금지하고, 축제에 쓰이던 경비를 가난한 이들과 자선활동에 주도록 명했다." 하고 말하는 대목이었다. 또 "교황 마르첼로도 성 베드로 성당과 교황궁의 경당에 갈 때 가마꾼들이 드는 교황 전용 의자에 앉기보다는 항상 걸어서 다니기를 좋아했다." 나는 두 사람의 유사성이 정말인지, 베르골리오가 이 유사성을 인정하는지 궁금했다. "그분의 교황직은 겨우 한 달이었지요." 이것이 교황의 유일한 언급이었는데 이 말을 하면서 그는 미소를 지었다. "그러고는 카라파 추기경[23]이 나왔지요." 여기서 주목할 것은 바오로 4세라는 이름으로 선출된 요한 베드로 카라파 추기경은 흔히 이단異端 재판의 권한을 확장하고 1559년에는 최초의 '금서목록'을 간행한 사람으로 기억된다는 것이다.

이 사건을 기리기 위해 지붕에 칼을 빼든 미카엘 천사의 상像이 세워졌고 '천사의 성'으로 불린다.

23 역주. 요한 베드로 카라파Gian Pietro Caraffa(1476~1559). 교황 바오로 4세(1555~1559). 중세기적 교황권에 집착하였으며, 편협하고 독재적이어서 사람들에게 공포감을 불어넣었다. 그가 죽자 로마인들은 그의 동상을 깨고 그가 큰 열정을 기울인 종교재판소의 감옥을 열어 그의 통치가 끝났음을 보여주었다.

I

호르헤 마리오 베르골리오는 누구인가?

준비된 질문이 있었지만 나는 나에게 미리 주어진 도식을 따르지 않기로 마음먹고 좀 단도직입적으로 물었다.

"호르헤 마리오 베르골리오는 누굽니까?"

교황은 말없이 나를 바라보았다. 나는 그것이 그에게 해도 되는 질문인지 물었다. 그는 질문을 받아들인다는 표시를 하고는 이렇게 말했다.

"무엇이 가장 올바른 정의定義가 될 수 있을지 잘 모르겠군요…… 저는 죄인입니다. 이것이 가장 올바른 정의이지요. 그냥 흔히 하는 말, 곧 하나의 문학적 표현 양식이 아닙니다. 저는 죄인입니다."

교황은 그 질문을 기대하지 않았던 듯, 그 이상의 숙고를 하지 않으면 안 되기라도 하듯 깊은 생각에 잠긴 채 계속해서 깊이 숙고하며 말했다.

"그래요. 어쩌면 저는 좀 약은 사람이라고 말할 수 있을 거예요. 일을 처리하는 법을 알아요. 하지만 또 좀 순진한 것도 사실이지요. 그래요. 하지만 최선의 종합적 결론은, 곧 저의 내면에서 나오는, 가장 진실하다고 여겨지는 종합적 결론은 이것이지요. '저는 주님께서 바라보아 주신 죄인입니다.'"

그리고 반복해서 말했다.

"저는 주님께서 바라보시는 사람입니다. 저의 좌우명座右銘인 '미제란도 앗꿰 엘리젠도'Miserando atque eligendo[24]를 저는 언제나 저에게 대단히 적절한 것으로 느껴왔습니다."

교황 프란치스코의 좌우명은 존자尊者 성 베다[25]의 『강론집』에서 따온 것으로, 그는 성 마태오의 부르심에 대한 복음서의 이야기를 해설하면서 이렇게 쓰고 있다.

---

24 역주. 교황 본인이 아래서 말하듯 이탈리아어 문장으로 옮길 수 없는 표현인데, '자비롭게 바라보면서 동시에 선택하다.'라는 의미이다.

"예수님께서는 세리 하나를 보셨습니다. 그를 사랑의 마음으로 바라보시면서 그를 선택하셨기에, 그에게 '나를 따라라.' 하고 말씀하셨습니다." 그리고 교황은 덧붙였다. "라틴어 분사 '미제란도'miserando는 이탈리아어로도 스페인어로도 번역할 수 없는 것 같습니다. 저는 이 단어를 실제로는 존재하지 않는 다른 분사 misericordiando[26]로 옮기기를 좋아하지요."

프란치스코 교황은 계속 숙고하면서 말했는데 이야기의 흐름을 건너뛰면서 말했기에 그 순간에는 나는 그 말의 의미를 알아들을 수 없었다.

"저는 로마를 모릅니다. 아는 게 조금밖에 안 되지요. 그중에 하나가 산타 마리아 마죠레Santa Maria Maggiore[27]인데

---

25 역주. 존자 베다Beda(673~735)는 영국 노덤브리아 왕국에서 태어나 성 바오로 수도원의 수도자로 일생을 보내며 영문학사와 성경주해를 비롯한 다양한 저술 활동을 했다. 당대 최고로 인정된 그 탁월한 지혜와 성덕으로 인해 853년 아헨 교회회의에서 '존자'라는 별칭을 얻었다.

26 역주. 교황은 자신이 만들어낸 이 라틴어 단어로 '자비를 보이면서'를 의미하고자 한다.

27 역주. 로마 에스퀼리노 언덕에 세워진 성모 대성당으로 서방에서 제일 먼저 성모 마리아에게 봉헌된 성당이며, 로마의 4대 성당 가운데 하나이다. 성모 마리아의 지시에 따라 로마의 한여름인 8월 5일 눈이 내렸던 자리에 세워졌다고 해서 성모 설지전聖母雪地殿이라고도 부른다. 예수회를

늘 거기에 가곤 했어요."

나는 웃으며 그에게 말했다.

"저희 모두 그것을 아주 잘 알고 있었지요, 교황님!"

"그렇군요." 교황은 계속 말했다. "저는 산타 마리아 마죠레, 성 베드로 성당…… 등을 알지요. 그런데 로마에 오면 항상 스크로파 길의 숙소에 머물렀어요. 그곳에서 출발하여 산 루이지 데이 프란체지San Luigi dei Francesi[28] 를 자주 방문했고 그곳에 있는 카라바죠Caravaggio[29]의 그림 「성 마태오의 부르심」을 감상하러 가곤 했습니다."

나는 교황이 무엇을 말하려고 하는지 알아차리기 시작했다.

"이렇게…… 마태오를 향한 예수님의 그 손가락이죠.

설립한 성 이냐시오가 사제품을 받고 18개월이 지난 후에야 첫 미사를 봉헌한 성당이기도 하다.

28 역주. '프랑스인들의 성 루이'라는 의미를 가진 성당 이름. 1518년에서 1589년에 걸쳐 세워진 이 성당은 성 루이 9세 왕에게 봉헌되었고, 로마 나보나 광장 근처에 위치하고 있으며, 프랑스어로 미사가 거행된다. 이 성당은 화가 카라바죠의 세 작품으로도 유명한데, 「성 마태오의 부르심」, 「성 마태오와 천사」, 「성 마태오의 순교」가 그것이다.

29 역주. 이탈리아 밀라노 출신의 화가(1571~1610)로 불가사의하고 위험했던 삶 안에서 극적인 명암법과 사실적인 묘사로 바로크 양식의 탄생에 많은 영향을 주었다. 사망 후 오랫동안 잊혔다가 20세기에 들어서 재발견되어 거장으로 재평가되었다.

저도 그렇습니다. 저는 그렇게 느꼈어요. 마태오처럼."

그때까지 탐색해오던 자신의 이미지를 포착하기라도 한 듯 여기서 교황은 단호해진다.

"마태오의 동작이 저에게 깊은 인상을 주었지요. 마치 이렇게 말하듯이 돈을 움켜쥐지요. '아니요. 전 아니에요! 아니라고요, 이 돈은 제 것이에요!' 예. 이것이 저예요. '주님께서 눈길을 돌려 바라보신 죄인'. 교황직 선출을 받아들이겠느냐고 저에게 물었을 때 했던 말은 이렇습니다."

그리고는 낮은 소리로 말했다.

"저는 죄인입니다. 하지만 우리 주님 예수 그리스도의 크신 자비와 한없는 인내에 위탁하며, 참회의 정신으로 받아들입니다.Peccator sum, sed super misericordia et infinita patientia Domini nostri Iesu Christi confisus et in spiritu penitentiae accepto."

왜 예수회원이 되었나요?

교황직을 수락하는 이 공식 문구가 프란치스코 교황에게는 하나의 신분증이기도 하다는 것을 나는 이해한다. 더 이상 덧붙일 다른 것이 없었다. 나는 애초에 첫 질문으로 선택했었던 질문으로 대담을 계속 진행했다.

"교황님, 무엇이 교황님으로 하여금 예수회를 선택할 생각을 하게 했는지요? 예수회라는 수도회의 무엇이 교황님께 깊은 인상을 주었습니까?"

"전 뭔가 그 이상의 것을 원했어요. 하지만 그게 무엇인지를 몰랐지요. 저는 신학교에 들어갔었어요. 저는 도미니코회원들이 좋아서 도미니코회원들을 친구로 사귀었지요. 그런데 후에 저는 예수회를 선택했는데, 그 신학교가 예수회원들에게 위탁되어 있었기 때문에 예수회를 잘 알게 되었던 거지요. 예수회에 대해서 말하자면 세 가지가 저에게 깊은 인상을 주었습니다. 선교성, 공동체, 규율이 그것입니다. 근데 이게 재미있어요. 왜냐면 저는 태생적으로 규율과는 거리가 먼 사람이거든요. 그렇게 태어났어요, 태어나길. 그런데 예수회원들의 규율, 시간을 배정하고 다루는 방식은 저에게 무척 인상적이었어요.

그리고 저에게 그야말로 근본적인 것 하나는 공동체입니다. 언제나 저는 공동체를 찾고 있었어요. 저 자신을 혼자 사는 사제로 간주하지 않았지요. 다시 말해 공동체가 필요했던 것입니다. 제가 여기 산타 마르타에 산다는 사실로 알 수 있지요. 선출 당시 저는 제비뽑기를 통해 207호실에 머물렀습니다. 지금 우리가 있는 이 방은 손님용 방이었는데, 저는 여기 201호에 살기로 했지요. 왜냐면 제가 교황 관저에 살기로 되었을 때 저는 안으로부터 명료하게 '아니야.'라는 소리를 들었기 때문입니다. 교황궁 안에 자리한 교황 관저는 화려하지 않아요. 오래되고 세련되고 크지만 화려하지는 않지요. 하지만 결론적으로는 깔때기를 거꾸로 엎어놓은 것 같은 모양이에요. 커다랗고 널찍하지만 입구가 정말이지 좁아요. 사람들이 물방울이 하나씩 떨어지듯 들어가는 거예요. 그런데 전 아니에요. 전 사람들 없이는 살 수가 없어요. 저에게는 제 삶을 다른 사람들과 함께 사는 것이 필요하지요."

교황이 사명과 공동체에 대해 말할 때 나는 "사명을 위한 공동체"에 대해서 말하는 예수회의 그 모든 문헌들을 떠올렸다. 그 문헌들의 내용을 나는 그의 말에서 다시 발견했던 것이다.

예수회원에게 자신이 교황이라는 것은 무엇을 의미하는지요?

계속 이런 방향으로 나아가고자 나는 교황에게 그가 로마의 주교로 선출된 최초의 예수회원이라는 사실에서 출발하여 질문을 던졌다.

"교황님께서 수행하도록 부름받은 보편교회[30]를 위한 봉사를 이냐시오 영성에 비추어 어떻게 이해하십니까? 예수회원에게 있어 교황으로 선출되었다는 것은 무엇을 의미하는지요? 이냐시오 영성의 어떤 점이 교황님의 직무를 수행하는 데 더 도움이 됩니까?"

"식별識別입니다." 하고 프란치스코 교황은 대답했다. "식별[31]은 성 이냐시오가 내적으로 더 많은 작업을 했던 것들 중 하나이지요. 그에게는 주님을 더 잘 알고 그분을 더 가까이서 따르기 위한 투쟁의 도구였어요. 이냐시

---

30 역주. 전 세계에 퍼져 있는 전체로서의 가톨릭 교회를 가리키는 용어. 한편 '개별 교회'는 교구를 가리킨다.

31 역주. 성 이냐시오에게 있어 식별은 궁극적으로 구체적 상황에서 하느님의 뜻을 찾기 위해 우리를 하느님께로 이끄는 영적 충동들과 그분에게서 멀어지게 하는 충동들을 구별해내는 영적 과정을 말한다.

오의 비전을 묘사하는 그의 다음과 같은 좌우명이 항상 저에게 감명을 주었지요. '가장 큰 것에 압도당하지 않고, 가장 작은 것 안에 담기기. 그것이 신적인 것이다.' Non coerceri maximo, contineri tamen a minimo, divinum est 저는 통치의 차원에서, 장상長上의 입장에서 이 문장에 대해 많이 숙고했습니다. 가장 큰 공간에도 압도당하지 않고 가장 제한된 공간에도 머물 수 있기. 큰 것과 작은 것에 대한 이 덕德은 우리가 처한 위치에서 항상 지평선을 바라보게 하는 큰 도량이지요. 매일의 작은 일들을 커다란 마음으로, 하느님과 다른 사람들에게 열린 마음으로 하는 것입니다. 작은 일들을 커다란 지평 안에서, 곧 하느님 나라의 지평 안에서 하는 것이지요.

이 좌우명은 식별을 위해, 곧 하느님의 일들을 그분의 '관점'에서 출발하여 알아듣기 위해 정확한 위치를 설정하는 데 필요한 기본 요소들을 제공합니다. 성 이냐시오에게 있어서는 위대한 원리들은 장소와 시대와 사람들로 이루어진 주변 상황 안에 육화되어야 하지요. 요한 23세[32]는

---

32 역주. 가톨릭 교회의 261대 교황(1881~1963). 본명은 안젤로 쥬세페 론칼리Angelo Giuseppe Roncalli로 1958년 77세에 교황으로 선출되어 탈

'모든 것을 보고, 많은 것을 모른 체하고, 적게 고치라.'
Omnia videre, multa dissimulare, pauca corrigere라는 좌우명을 되풀이하셨는데, 당신 나름의 방식으로 통치에 대해 이러한 입장을 취했던 것이지요. 곧 최대라는 차원에서 모든 것을 보면서도, 행동은 적은 것에 대해서, 최소의 차원에서 하고자 했습니다. 커다란 계획들을 세우고 나서는 적은 양의 최소의 것들에 대해 행동함으로써 그 큰 계획들을 실현시킬 수 있는 것이죠. 달리 말하면 『코린토인들에게 보내는 첫째 편지』에서 성 바오로도 말하듯이, 강력한 수단들보다 더 효과적인 결과를 가져오는 약한 수단들을 사용할 수 있다는 겁니다.

이 식별은 시간을 요구하지요. 예를 들면 변화와 개혁이 짧은 시간 안에 일어날 수 있다고 생각하는 사람이 많습니다. 저는 참되고 효과적인 변화는 그 토대를 놓기 위해서 항상 시간이 필요하다고 믿습니다. 이것이 식별의

권위주의적 태도와 양선함을 특징으로 하는 인간미와 서민적 친근함으로 교회 안에 신선한 변화를 가져왔다. 또한 교회의 역사뿐 아니라 인류의 역사에서도 획기적인 사건으로 평가되는 제2차 바티칸 공의회를 열어 가톨릭 교회의 쇄신을 추진한 공덕으로 역사 안에 기념비적 존재로 남아 있다. 2014년 4월 27일에 프란치스코 교황에 의해 성인으로 선포되었다.

시간입니다. 그런데 종종 식별은 처음에는 나중에 하려고 생각했던 것을 즉시 하도록 박차를 가하기도 합니다. 지난 몇 달 동안 저에게도 일어났던 일이지요. 식별은 표징들을 바라보면서, 벌어지는 일들에, 사람들이 가진 생각에, 특히 가난한 사람들의 소리에 귀를 기울이면서 항상 주님의 현존 앞에서 이루어집니다. 저의 선택은, 검소한 자동차를 사용하는 것과 같이 삶의 평범한 차원에 연결된 그런 선택들도, 영적 식별에 연결되어 있는데, 이 영적 식별은 사물들과 사람들, 시대의 징표를 읽어내는 데서 나오는 어떤 요구에 대한 응답이지요. 주님 안에서의 이러한 식별이 통치 방식에 있어 저를 인도합니다.

그래서 갑작스럽게 취해진 결정을 저는 믿지 않아요. 처음의 결정을 저는 항상 믿지 않습니다. 어떤 결정을 해야 할 때 처음에 떠오르는 것을 믿지 않는다는 거예요. 일반적으로 그건 잘못된 것이거든요. 필요한 시간을 가지고 기다리면서 마음속으로 평가해보아야지요. 식별의 지혜는 삶의 애매함—이것은 필요하기도 하지요—을 풀어주고 가장 적절한 수단들을 찾게 해주는데, 이 수단들은 크거나 강해 보이는 것과 항상 일치하지는 않습니다."

예수회

식별은 그러니까 교황의 영성에서 지주支柱가 된다. 그 안에서 그의 예수회적 정체성이 독특한 방식으로 표현되고 있다. 그래서 나는 예수회가 오늘날 어떻게 교회에 봉사할 수 있는지, 예수회의 독자적 특성은 어떤 것인지를 물었고 또 있을 수 있는 위험들은 무엇인지도 물었다.

"예수회는 긴장 속에 있는 단체, 항상 철저한 긴장 속에 살아가는 단체입니다. 예수회원은 중심을 벗어난 사람이지요. 예수회는 그 자신 안에서 중심을 벗어나 있습니다. 예수회의 중심은 그리스도와 그분의 교회예요. 그러므로 예수회가 그리스도와 교회를 그 중심에 둔다면 변두리에 살기 위해 이루어야 할 균형의 두 가지 준거점準據點을 가지고 있는 것입니다. 만약 반대로 지나치게 자기 자신을 바라본다면, 자기 자신을 대단히 견고하고 아주 잘 '무장한' 구조로서 중심에 둔다면 그때는 자신에 대한 확신으로 자족自足하는 위험에 빠지게 되는 거지요. 예수회는 자기 앞에 언제나 '항상 더 크신 하느님'Deus semper maior을, 곧 항상 하느님의 더 큰 영광을 추구하는 일과 '우리 주님이신 그리스도의 참된 신부新婦인 교회'를,

그리고 우리를 쟁취하신 그리스도 왕을 두어야 합니다. 우리가 비록 진흙으로 만들어진 부족한 그릇일지라도 그 그리스도 왕께 우리는 우리의 전 존재와 우리의 모든 수고를 바치는 것입니다. 이러한 긴장은 우리를 계속적으로 우리 자신 밖으로 데리고 나갑니다. 중심을 벗어나 있는 예수회를 참으로 강하게 만드는 도구는 또 '양심의 보고報告'라는, 부성적父性的이기도 하고 형제적이기도 한 도구인데, 바로 예수회로 하여금 선교하러 나가는 일을 더 잘할 수 있도록 도와주기 때문입니다."

여기서 교황은 예수회 회헌會憲의 한 가지 특수한 점을 가리키고 있는데, 회헌에는 예수회원은 "자신의 양심을 드러내야 한다."[33]라고 되어 있다. 곧 장상이 어떤 사람을 선교를 위해 파견함에 있어 그의 상황을 더 잘 알고 신중을 기할 수 있도록 자신의 내적 사정을 나타내 보여야 한다는 것이다.

"하지만 예수회에 대해 말한다는 건 어려워요." 교황은 계속해서 말했다. "너무 명백하게 밝히다 보면 모호

---

33 역주. 예수회 회헌에는 "양심의 현현"이라고 번역되어 있다. 92조와 551조 참조.

함을 초래할 위험이 있습니다. 예수회는 오직 이야기 형식으로만 말할 수 있지요. 철학적이거나 신학적인 해설 안에서가 아니라 오직 이야기식 서술 안에서만 식별을 할 수 있습니다. 철학적이거나 신학적인 해설에서는 토론을 할 수 있지요. 예수회의 스타일은 토론 스타일이 아니라 식별 스타일입니다. 이 식별은 물론 그 과정에서 토론을 전제하지요. 신비적인 기운은 그 가장자리 윤곽을 결코 명확히 규정할 수가 없으며, 생각을 완성하지 않습니다. 예수회원은 완성되지 않은 생각, 열린 생각의 사람이어야 해요. 예수회 안에는 폐쇄적이고 경직된 생각, 신비적이기보다는 더 교육적-수행적인 사상을 살아왔던 시대들이 있었습니다. 이러한 왜곡이 『에피토메 인스티투티』Epitome Instituti [34]를 낳았던 것입니다."

여기서 교황은 예수회 안에서 사용되어 오다가 20세기에 개정된 일종의 실천적 요약본을 가리키고 있는데, 이것이 회헌의 대용물로 여겨졌었다. 예수회에서는 일정 기간 동안 회원 양성이 이 교재에 의해 이루어졌었는데, 실제로 근본 토대가 되는 텍스트인 회헌을 한 번도 읽어

---

34 역주. 성 이냐시오가 작성한 회헌 원문의 요약본.

보지 못한 사람이 있었을 정도였다. 교황이 볼 때 예수회 안에서 이 기간 동안에는 규칙이 정신을 질식시킬 위험을 가져왔고 은사思賜[35]를 지나치게 밝히고 선언하려는 유혹에 졌던 것이다.

그는 계속해서 말했다.

"아니에요, 예수회원은 항상 계속해서 생각하는 사람입니다. 자기가 향해 가야 하는 지평선을 바라보면서, 그리스도를 중심에 두고요. 이것이 그의 진정한 힘이지요. 이것이 예수회로 하여금 늘 탐구하도록, 창의적이고 관대하도록 독려하는 것입니다. 결국 오늘날에는 예수회가 그 어느 때보다도 활동 안에서 관상적觀想的이어야 하고, '하느님 백성'이요 '거룩한 어머니인 교계적教階的 교회[36]를 의미하는 전체 교회에 아주 가까이 머물러야 하지요. 이는 아주 많은 겸손과 희생, 그리고 용기를 요구하는데,

---

[35] 역주. 신약성경에서 주로 성 바오로가 사용한 그리스어 '카리스마'의 한국어 번역으로, 바오로적 의미는 "교회의 공동 유익을 위하여 신앙인 안에 성령께서 이루시는 하느님 은총의 특별한 선물"이다. 수도회에 적용할 때는 수도회를 설립할 때 하느님께서 성령을 통해 설립자에게 주시는 특별한 영적 선물로 수도회의 정체성을 형성하는 핵심요소가 된다.

[36] 역주. 교회의 가시적·사회적 측면이 지닌 구조적 질서라는 차원에서 본 교회를 가리킨다.

특히 몰이해를 경험할 때나 의혹과 비방의 대상이 될 때 그러합니다. 하지만 이것은 가장 풍요로운 결실을 가져오는 태도이지요. 과거 중국의 제사 문제[37]와 말라바르 교회의 전례 문제[38]에 대해서, 그리고 파라과이의 '레둑시온'reducción[39]에서 경험했던 긴장상태를 생각해봅시다.

저 자신이 예수회가 근래에도 겪었던 몰이해와 문제들의 증인입니다. 이런 몰이해와 문제들 중에는 교황에게 하는 순종順從이라는 '제4서원誓願'[40]을 모든 예수회원들에

---

37 역주. 이탈리아 출신 선교사 마태오 리치로 대표되는 예수회의 중국 선교는 현지의 문화와 관습에 대한 적응주의 정책으로 큰 선교효과를 거두었다. 곧 조상 제사의 관습을 민속문화로 간주하여 허용했었는데 이를 우상숭배로 간주한 다른 선교사들의 고발로 인해 촉발된 교황청의 적응주의 단죄와 중국 의례 금지 결정으로 중국 선교는 긴 겨울로 들어간다. 비오 9세와 11세가 이 금지령을 철회했으나 이미 중국이 공산화된 뒤였다.

38 역주. 성 토마스 사도가 52년에 인도의 남쪽 끝인 케랄라 주에까지 와서 복음을 전하면서 시작된 인도 말라바르 교회의 동방 그리스도인들이 사용하는 칼데아 전례의 한 분파. 1950년에 시로 말라바르 교회 전체가 로마 가톨릭 교회와의 친교를 회복했다.

39 역주. 남미 원주민들 복음화 과정에서 인디오들을 그리스도교로 개종시키고 그들을 보호하고자 선교사들이 세운 원주민 보호구역인 인디오 촌락 공동체. 가장 유명한 것이 파라과이에 예수회 선교사들이 외세, 특히 스페인 사람들의 간섭으로부터 인디오들의 영토를 보전하고자 세운 수십 개의 '레둑시온'으로 영화 「미션」의 배경이 되기도 했다.

40 역주. 예수회원들은 일반적으로 수도자들이 서원하는 순종, 정결, 청빈 외에 선교의 사명을 위해 교황에게 순종한다는 네 번째 서원을 한다.

게 확장하는 문제를 다룰 때의 그 힘들었던 시기도 들어 있지요. 아루페 신부님[41] 시대에 저를 안심시켰던 것은 그분이 기도의 사람이었다는 사실, 기도에 많은 시간을 보내는 사람이었다는 사실입니다. 저는 그분이 일본 사람들이 하는 것처럼 땅바닥에 앉아 기도하시던 것을 기억합니다. 그래서 그분은 올바른 태도를 가졌었고 옳은 결정을 하셨던 것이지요."

모델: "개혁된 사제", 베드로 파브르

이 시점에서 나는 예수회가 시작되던 때부터 오늘날에 이르기까지의 예수회원들 가운데서 혹시라도 특별히 그에게 깊은 감명을 준 인물들이 있는지 궁금해졌다. 그래서 교황에게 그런 인물이 있는지, 그 사람들이 누구인

---

41 역주. 예수회원 베드로 아루페Pedro Arrupe 신부(1905~1991)는 일본 히로시마에서 선교사로 일하다가 제2차 바티칸 공의회 직후인 1965년에 예수회 총장으로 선출되어 1983까지 재임하면서 공의회의 방향에 따른 수도회의 쇄신을 시도하고 가난한 이들에 대한 우선적 선택과 사회 정의를 추구하는 노선을 취했다.

지, 왜 그린지를 물었다. 교황은 나에게 이냐시오와 프란치스코 하비에르[42]를 인용하기 시작하더니 그다음에는 예수회원들은 알지만 일반적으로는 아주 유명하지는 않은 인물인 사보이아 지방 출신 복자編者[43] 베드로 파브르 (1506~1546)에 대해 말했다. 파브르는 성 이냐시오의 최초의 동료들 중 하나로, 아니 최초의 동료로, 두 사람이 소르본 대학의 학생이었을 때 성 이냐시오와 함께 같은 방을 썼었다. 그리고 같은 방에 살았던 세 번째 사람은 프란치스코 하비에르였다. 비오 9세는 1872년 9월 5일 파브르를 복자로 선포했고 현재 시성諡聖[44] 절차가 진행되고 있다.

---

42 역주. 스페인의 나바라 주에서 태어난 성 프란치스코 하비에르Francis Xavier(1506~1552)는 성 이냐시오의 최초의 동료 중 하나로 예수회 설립에 협력하였으며, 1540년에 예수회 최초의 선교사로 인도와 스리랑카, 말라카와 몰루카 제도, 일본 등지에서 복음을 전했다. 일본에 온 최초의 신부이다.

43 역주. 어떤 죽은 사람이 가톨릭 교회가 정한 검증 절차를 거쳐 모든 신앙인의 모범이 되는 성덕을 지녔던 자로 입증되고 그의 기도 전달을 통해 적어도 하나의 초자연적 기적이 증명되어 가톨릭 교회가 공식적으로 공경하는 사람. 성인과 다른 점은 공식적 공경의 범위가 어떤 지역이나 단체에 한정되는 것이다.

44 역주. 교황이 어떤 복자를 전 세계 교회에서 공경받을 수 있도록 성인으로 선언하는 것. 시성을 위해서는 그 복자의 중재에 의한 것으로 판단

그는 나에게 자신이 관구장이었을 적에 두 사람의 예수회원 전문가 미구엘 A. 피오리토와 하이메 H. 아마데오에게 감수하게 하여 출판한 파브르의 『비망록』에 대해서 말했다. 교황이 특별히 좋아하는 편집본은 미셸 드 세르토가 감수한 것이었다. 그래서 나는 왜 다름 아닌 파브르에게 감명을 받았는지, 그의 어떤 특징들이 교황에게 깊은 인상을 주었는지를 물었다.

"모든 사람과, 가장 멀리 있는 사람들 및 적대자들과도 했던 대화, 어쩌면 순진함이라고도 할 만한 단순한 신심, 즉각적으로 자신을 내줄 준비가 된 자세, 주의 깊은 내적 식별, 위대하고 강력한 결정들을 하는 사람이면서 동시에 무척 부드럽고 온화하고…… 그럴 수 있는 사람이라는 사실이지요."

교황 프란치스코가 자신이 특별히 좋아하는 예수회원의 개인적 특징들의 목록을 이렇게 열거하는 동안 나는 이 인물이 그에게 그야말로 삶의 모델이었다는 사실을

되는 두 가지 이상의 기적이 필요하다. 프란치스코 교황은 인터뷰 당시에는 복자였던 예수회의 첫 사제 베드로 파브르를, 기적심사를 면제하고 공식 시성식 없이 2014년 12월 17일 칙령을 통해 성인으로 선포하였다.

이해하게 되었다. 미셸 드 세르토는 파브르를 단순하게 "개혁된 사제"라고 정의하는데, 이 개혁된 사제에게 있어서는 내적 체험과 교의적敎義的 표현, 그리고 구조적 개혁은 긴밀하게 연결되어 갈라놓을 수 없는 것이었다. 그런 후 교황은 '설립자'의 참된 얼굴에 대한 숙고로 이야기를 이어갔다.

"이냐시오는 수덕가修德家가 아니라 신비가지요. '영신 수련'[45]이 침묵 속에 이루어진다는 이유만으로 그것이 이냐시오적이라고 하는 말을 들을 때면 화가 나요. 사실 영신 수련은 생활 안에서 침묵 없이도 완벽하게 이냐시오적일 수 있거든요. 수덕주의가 강조하는 것, 곧 침묵과 속죄는 예수회 안에, 특히 스페인 쪽에 퍼져 있는 왜곡된 경향입니다. 난 그와 달리 신비적 경향에 가깝지요. 루이 랄르망Louis Lallemant과 쟝 죠셉 쉬랑Jean-Joseph Surin의 경향이에요. 파브르는 신비가였어요."

---

45 역주. 이냐시오가 창안한 피정 방식으로, 원래는 한 달 동안 하게 되어 있으나 한 달이라는 시간을 내지 못하는 이들을 위해 만 8일로 압축하여 행하기도 한다. '영적 수련'이 더 적절한 번역이긴 하나 한국에서 '영신 수련'이라는 말로 굳어지다시피 했기에 이 번역을 수용한다.

통치의 체험

예수회 안에서 처음에는 원장이었고 다음에는 관구장이었던 베르골리오 신부로서 행했던 양성을 성숙시킬 수 있는 통치의 체험은 어떤 유형의 것일까? 예수회의 양성 스타일은 장상의 결정을 포함하지만 그에게 '자문諸問을 해주는 사람들'과의 대조도 포함한다. 그래서 나는 교황에게 물었다.

"성하께서 과거에 하신 통치의 체험이 현재의 보편 교회의 통치 활동에 도움이 되리라고 생각하십니까?"

프란치스코 교황은 잠시 생각한 다음에 진지하게, 하지만 아주 평온하게 말했다.

"예수회 안에서 한 장상으로서의 체험에서 저는, 진실을 말하자면, 항상 그렇게 행동하지 않았습니다. 곧 필요한 자문을 구하면서 하지 않았어요. 이것은 좋은 것이 아니었지요. 예수회원으로서 저의 통치는 처음에는 아주 결함이 많았습니다. 그때는 예수회로서는 어려운 시기였어요. 예수회의 한 세대 전체가 사라져버렸던 거죠. 그래서 저는 아직 아주 젊었을 때 관구장이 되었습니다. 그때 36세였거든요. 미친 짓이었지요. 저는 어려운 상황들을 처리해야 했는데 결정들을 할 때 거칠고 개인적인 방식으로 했지요. 그래요. 하지만 저는 한 가지를 덧붙여야 하겠군요. 저는 누군가에게 어떤 일을 맡길 때 온전히 그 사람을 신임합니다. 저의 꾸지람을 듣기 위해서는 정말이지 커다란 잘못을 해야만 하지요. 하지만 그럼에도 불구하고 결국 사람들은 권위주의에 피로를 느낍니다. 결정을 내리는 데 있어 저의 권위주의적이고 신속한 방식은 저에게 심각한 문제들을 초래했고 극단적 보수라는 비난을 받게 되었지요. 저는 코르도바에 있었을 때 커다란 내적 위기의 시기를 지냈습니다. 저는 물론 복녀 이멜다[46]와 같진 않았죠. 하지만 저는 결코 우파인 적이 없었어요. 문제가 된 것은 결정을 내리는 저의 권위주의적인 방식이었습니다.

이런 것들을 저는 하나의 삶의 체험으로, 그리고 어떤

---

[46] 역주. 이탈리아 출신의 복녀 이멜다 람베르티니Imelda Lambertini (1322~1331)는 아주 독실하고 경건한 아이로 9세에 수도원에 들어갔다고 한다. 너무 어렸기 때문에 성체를 영할 수가 없었는데 예수 승천 대축일 철야기도를 하는 이멜다의 머리 위에 성체가 나타났다. 사제가 그 성체를 어린 이멜다에게 영해주고 나서 얼마 후에 보니 이미 숨을 거둔 상태였다. 죽을 때의 모습 그대로의 시신이 현재 볼로냐의 한 성당에 안치되어 있다.

것들이 위험인지를 이해시키려고 말합니다. 시간이 흐르
면서 저는 많은 것들을 배웠습니다. 주님께서는 저의 결
점들과 죄를 통해서도 통치에 대한 이러한 교육을 허락
하신 것이지요. 그렇게 해서 부에노스아이레스의 대주교
시절에 저는 15일마다 여섯 명의 보좌주교들과 회의를
했고 여러 번 사제 평의회와 함께했습니다. 그들은 질문
을 했고 토론의 자리가 벌어졌지요. 이것이 제가 더 나은
결정을 하는 데 큰 도움이 되었습니다. 이제는 어떤 사람
들은 저에게 이렇게 말합니다. '너무 많이 자문을 청하지
말고 그냥 결정하시지요.' 하지만 저는 자문을 받는 것
이 대단히 중요하다고 믿습니다. 예를 들어 추기경회의
와 주교대의원회의(시노드)는 이 자문을 참되고 능동적인
것이 되게 하기 위한 중요한 자리입니다. 그러나 그것들
을 형식 면에서 덜 경직되게 할 필요가 있지요. 형식적인
자문이 아니라 실제적인 자문을 저는 원합니다. 여덟 명
추기경들의 자문회의, 곧 이 외부인(아웃사이더) 자문단은
저 혼자의 결정이 아니고, 콘클라베(교황 선거) 전에 추기경
단의 총회에서 드러난 대로 추기경들의 의지의 열매이지
요. 이것이 형식적 자문단이 아닌 실제적인 자문단이기
를 원합니다."

예수의 동료

"저는 죄인입니다."

이것이 교황 프란치스코가 자신에게 내리는 첫 번째 정의定義이다. 그러고는 곧바로 구원하는 은총에 대한 말로 그 정의를 보완한다.

"저는 주님께서 바라보아주신 죄인입니다."

나는 그에게 자신을 정의하는 방식에 대해 물을 생각을 사전에 하지 않았었고, 그의 앞에 자리한 바로 그 순간 그런 질문이 떠올랐었다. 그리고 교황은 그 질문을 피하지 않았고, 자신에 대한 깊은 탐구인 가장 참된 답변을 가지고 있었다. 그 답변으로써 그는 자신의 가장 깊은 정체성이라고 느끼는 것을 천진하고 정직하게 표현했던 것이다.

하지만 여기에서 그는 동시에 뭔가 다른 것을 말했다. 자신의 영성과 예수회원으로서의 삶의 선택에 비추어 자신을 정의한 것이다. 사실 1974년에 호르헤 마리오 베르골리오 신부는 예수회의 제32차 총회에 참석했었다. 전 세계에서 모인 수도회의 대표자들이 모인 이 자리에서 반포된 첫 번째 교령은 다음과 같은 질문으로 시작된다. "예수회원이라는 것은 무엇을 의미하는가?"

답변은 이랬다.

"자신이 죄인임을 인정하는 것을 의미한다. 하지만 이냐시오가 그랬듯이 하느님으로부터 예수 그리스도의 동료[47]가 되도록 부름받은 죄인이라는 것이다."

여기에서 교황 프란치스코는 그러니까 자신의 정체성의 깊은 곳을 건드리는 하나의 은사(카리스마)에 비추어 자신을 말하는 것이다. 하지만 교황은 우리의 담화에서 무엇보다도 자신에 대한 이러한 정의가 하나의 "문학적 정의"가 아니라고, 곧 그저 흔히 하는 말이 아니라고 역설하였다. 아니, 그에게 있어 주님이 바라보시는 죄인이라는 자각은 마태오라는 하나의 구체적인 표상으로 드러났다. 마태오는 세관에 앉아 있는 세금 징수원이요 죄인인 세리稅吏 레위로, 예수께서는 그에게 단순히 "나를 따라라." 하고 말씀하신다. "그러자 그는 일어나 그분을 따랐

---

47 역주. '예수회'Compagnia di Gesù라는 이름은 원래 이탈리아어로 붙여졌는데 그 뜻은 '예수의 동료', '예수와 함께 있는 자'라는 의미이다.

다."(마르 2,14)

　호르헤 마리오 베르골리오는 성 마태오에게 특별히 결속되어 있다. 그 자신이 이야기하듯 로마에서 그는 산 루이지 데이 프란체지 성당 가까이 체류했으므로 카라바죠의 걸작품들 중 하나인「성 마태오의 부르심」을 감상하러 자주 그곳에 가곤 했는데, 이 그림에서는 어두운 방을 가르는 칼날 같은 빛이 바로 하느님의 은총을 나타내는 것처럼 보인다. 그의 주교 좌우명인 '미제란도 앗꿰 엘리젠도'[48]는 영국의 수도승 존자 성 베다(673~735)의 어떤 강론에서 직접 유래하는데, 성 베다는 성 마태오의 이 이야기에 대해 이렇게 말한다. "예수님께서는 세리를 보셨습니다. 그리고 그를 자비롭게 바라보시면서 또한 그를 선택하셨기에, 그에게 '나를 따라라.' 하고 말씀하셨습니다.Vidit ergo Iesus publicanum et quia miserando atque eligendo vidit, ait illi: Sequere me."

　하느님의 자비에 바쳐진 헌사獻辭인 이 강론은 성 마태오 축일의 성무일도聖務日禱[49]에 들어가 있다. 이 강론은 교

48　역주. 각주 24 참조.
49　역주. 주로 성직자와 수도자들이 하루 중 몇 차례 일정한 시간에 공통

황의 삶과 영적 여정에서 특별한 의미를 지닌다. 그도 그럴 것이 1953년, 바로 성 마태오의 축일인 9월 21일에 아직 열일곱 살이 채 안 된 젊은 호르헤 마리오는 대단히 특별한 방법으로 자기 삶 안에 주님의 사랑스러운 현존을 체험했던 것이다. 고백성사를 보고 나서 그는 뭔가 마음을 건드리는 것을 느끼며 자신을 사제직으로 부르시는 하느님의 자비가 내려오는 것을 알아차렸다.

그 9월 21일, 남반구의 봄이 시작될 무렵 그는 학생들의 날 축제를 야외에서 지낼 준비를 하고 있었다. 그런데 그에 앞서 그는 이유를 잘 알지 못한 채 자신의 본당인 산 호세 데 플로레스 성당으로 갔는데, 거기에서 그는 전에는 본 적이 없던 사제 한 사람을, 곧 두아르테 신부를 보고 그에게서 깊은 인상을 받는다. 제대를 향해 왼쪽에 있는 맨 끝의 고백실에 앉아 그는 고백성사를 보고 싶은 충동을 느꼈다. 그 순간 그에게 "어떤 일이" 일어난다. 호르헤 마리오는 사제직으로의 부르심을 알아차린 것이다.

"고백성사를 보는 중 나에게 어떤 이상한 일이 일어났는데, 정확히 무엇인지는 모르지만 그것이 내 인생을 바

─────────

된 기도서를 이용하여 바치도록 되어 있는 교회의 공적 기도.

꾸었다. 나는 경계심을 낮추고 그것이 나를 덮치도록 두었다고 말하고 싶다." 그 순간들을 기억하면서 그는 계속해서 말한다. "그것은 어떤 만남이 가져온 놀라움이요 경악으로 나는 그것들이 나를 기다리고 있었음을 알아차렸다. 이것은 종교적 체험이었다. 곧 자기를 기다리고 있는 누군가를 만나는 커다란 놀라움인 것이다. 그 순간부터 나에게 있어 하느님은 '앞서 가는' 분이시다. 우리는 그분을 찾고 있지만 그분이 먼저 우리를 찾아내신다. 우리는 그분을 만나고 싶어 하지만 먼저 우리를 만나러 오는 쪽은 그분이신 것이다."[50]

교황은 그 순간들을 기억하면서 이후 항상 그를 동반하게 될 하느님 자비의 구체적 체험 하나에 그 순간들을 결합시킨다. 그 후 4년이 지나서야 신학교에 들어가게 되지만 결정은 이미 이루어졌던 것이다.

1969년 사제로 서품되기 조금 전의 순간들을 기억하면서 어느 "강도 높은 영적" 순간에 베르골리오는 바로

---

50 호르헤 마리오 베르골리오, 『교황 프란치스코. 새 교황이 자신에 대해 말하다』*Papa Francesco. Il nuovo Papa si racconta*, F. 암브로제티와 S. 루빈과의 담화, Salani, Milano 2013, pp. 41~42.

그 고백성사를 가리키는 개인적 신앙고백문을 쓴다.

나는 하느님 아버지를 믿고 싶다.

나를 아들로 사랑하시는 그분을.

주 예수님을 믿고 싶다. 나를 미소 짓게 하시고

그렇게 해서 영원한 생명의 나라로 데려가시려고

나의 삶에 당신 성령을 부어주신 그분을.

나는 나의 역사를 믿는다.

하느님의 사랑의 눈길이 통과해 갔던,

그리고 9월 21일의 봄날,

나에게 당신을 따르도록 초대하기 위한

만남으로 데려갔던 역사를.

나는 나의 고통을 믿는다.

내가 이기심 속으로 도피해 들어가버렸기에

불모不毛로 남은 고통을.

나는 내 영혼의 비참함을 믿는다.

주지는 않고 삼키려고 하는

영혼의 비참함을. 주지는 않고……

나는 다른 이들이 착하다는 것을 믿는다.

내가 두려움 없이

그리고 결코 나를 위한 안전을 추구하려고 그들을 배반하는 일 없이

그들을 사랑해야 한다는 것을 믿는다.

나는 수도생활을 믿는다.

나는 내가 많이 사랑하고 싶어 한다는 것을 믿는다.

나는 매일의 타오르는 죽음을 믿는다.

나는 그에게서 달아나지만

자신을 받아달라며 나에게 미소 짓는 죽음을.

나는 하느님의 인내를 믿는다. 어느 여름밤처럼

환대하는, 선한 그 인내를.

나는 아빠가 주님과 함께 하늘에 계심을 믿는다.

나는 두아르테 신부님도 나의 사제직을 위해 전구傳求하시면서[51]

거기 계심을 믿는다.

나는 나의 어머니 마리아를 믿는다. 나를 사랑하시고

결코 나를 혼자 버려두지 않으시는 그분을.

마지막 날에 그 경이로운 얼굴을 만날 때까지,

어떻게 생겼는지 알지 못하지만 알고 싶고 사랑하고 싶은

그 얼굴을 만날 때까지 나와 함께할 사랑과 힘

---

51 역주. 성인들이 지상의 사람들을 위해 하느님께 은총을 청해주는 행위.

배반과 죄가 드러날 매일의 놀라움을 나는 기다린다.

아멘.

교황은 처음에는 호세 쿠바스에 있는 비야 데보토Villa Devoto 지역의 대교구 신학교에 들어갔다. 하지만 이것은 단지 첫걸음일 뿐이었다. 두 번째 단계는 3년 후인 1958년 3월 11일에 예수회의 수련원에 들어감으로써 이루어졌다. 교황 프란치스코는 역사상 최초의 예수회원 교황이다. 호르헤 마리오 베르골리오는 왜 예수회원이 되었을까? 우리의 대화 중에 그는 이렇게 답했다. "전 뭔가 그 이상을 원했지요." 그를 움직여간 것은 더 큰 어떤 것에 대한 추구였다. 성 이냐시오의 영성을 표현하는 한 단어를 선택해야 한다면 나는 의심할 바 없이 라틴어 부사 '마지스'magis, 곧 '더'라고 믿는다. 예수회원들의 고유한 모토인 '앗 마요렘 데이 글로리암'Ad Maiorem Dei Gloriam과 같은 것으로, 이는 이탈리아어로 번역하기 어려운데 그 의미는 '하느님의 보다 큰 영광을 위하여'라고 할 수 있겠다. 교황 프란치스코는 2013년 9월 27일 교리교사들을 만난 일반알현[52] 중에 이를 "하느님은 항상 더 나아가신다."라는 말로 요약했다. 이 '더'의 역동적 움직임은 이냐시오 비전의 전형적인 것이다.

❊❊❊

예수회는 로욜라의 성 이냐시오(1491~1556)와 그의 첫 동료들에 의해 설립되었는데, 이들은 세상 어디나 '더' 긴급한 필요가 있는 곳으로 파견되고자 교황에게 봉사하기로 한 사람들이었다. 이렇게 교황의 필요에 온전하고 즉각적으로 응답할 준비가 된 자세는 예수회의 서원자들이 다음과 같은 말로 표명하는 이른바 '제4서원'으로 표현된다. "또한 교황께서 저를 어떤 선교 사명에 파견하시든지 특별한 순명을 바칠 것을 약속합니다."Insuper, promitto specialem obedientiam summo pontifici circa missiones... [53] 자신이 적절하다고 보는 곳 어디에나 예수회원들을 파견할 수 있는 교황에 대한 특별한 순종서원인 것이다. 이 서원의

52 역주. 매주 수요일 오전에 교황이 바티칸에서 일반신자들을 만나는 행사.
53 역주. 예수회 회헌과 보충규범 [527] 3, 1995, 131쪽 참조.

동기가 되는 것은 교황이 가장 보편적인 전망을 가지고 있고 어디에서건 간에 보편 교회의 필요를 아는 사람이라는 사실이다. 따라서 예수회의 영성으로 양성된 교황은 자신의 수도성소修道聖召[54]에 고유한 요소인 그 보편성을 육화肉化한다. 이 '마지스'magis의 역학은 베르골리오가 젊을 적부터 그의 내면에 자리하고 있었던 것이다. 그것은 구체적으로 더 필요한 곳에 보냄받기 위한 열정이라는 형태를 지녔다.

오늘날 명백하게 세상에 드러나 보이는 그의 인격의 중요한 특징들은 그의 예수회 성소 안에 핵核의 형태로 이미 들어 있었다. 예컨대 '홀로 있는 사제'가 되지 않고 '함께 어울려', 곧 공동체로 살 필요, 선교적이고 '규율과는 거리가 먼' 그의 기질에 어울리는 형태를 부여할 필요 같은 것이다.

2013년 3월 13일부터 시작하여 기자들은 자주 예수회원들에게 예수회원이 교황이라는 것은 무엇을 의미하는

---

54 역주. '성소'는 하느님이 어떤 신자를 특정한 삶의 형태로—사제신분, 수도신분, 혼인생활, 선교사 등—인도하여 당신의 뜻을 위해 살도록 부르시는 것을 가리켜 가톨릭 교회에서 쓰는 말로 소명召命이라고도 번역된다.

지를 물었다. 그래서 나는 그에게 직접 그것을 묻지 않고 넘어갈 수가 없었다. 교황 프란치스코가 성 이냐시오의 영성에서 그가 베드로의 직무를 살아가는 것을 더 잘 도와주는 요소는 '식별'이라고 여긴다는 것이 우리의 대담에서 분명하게 드러난다. 식별은 우리를 하느님께로 이끄는 영적 충동들과 그분에게서 우리를 멀어지게 하는 충동들을 구별해내는 영적 과정이다. 이는 각자의 삶에도 해당되는데, 식별은 복음에 따른 결정과 선택을 도와주는 것이다.

하지만 또한 역사적 과정을 위해서도 유익하다. 1995년에 열렸던 예수회의 34차 총회가 확인하듯이, 식별은 예수회원들에 따른 비전과 세상 안에서의 활동의 결정적 요소인 것이다. "예수회원들은 자신의 직무 사제직을 수행할 때 하느님께서 사람들의 삶 안에, 사회와 문화 안에 이미 해놓으신 일을 발견하려고 하며, 하느님께서 당신의 일을 어떻게 계속해나가시려 할지를 식별하고자 한다. 인간의 삶 전체가 은총으로 비추어짐을 강조하는 삶에 대한 이러한 시각은 다양한 영역에서 예수회원의 사제직무가 실현되는 방식에 영향을 준다."(177항)

그러니까 복음적인 영적 식별은 인간적·문화적 현실

안에서 성령의 현존을 알아보고자 하고, 사건들과 감수성과 욕구 안에서, 사람들의 마음과 사회적·문화적·영적 현실의 깊은 긴장 상태 안에서 그 안에 이미 심어진 성령의 현존의 씨앗을 알아보려고 하는 것이다. "하느님께서는 이미 우리 도시에 살고 계신다."[55]라고 베르골리오는 쓰고 있다. 이는 대화와 만남에 열려 있도록 하시는, 또 좁은 영역에서만이 아니라, 혹은 어떤 식으로건 정확히 규정되고 울타리가 쳐진 영역에서만이 아니라, 하느님께서 당신 자신을 발견하도록 드러내주시는 어디에서나 열린 상태로 그분을 발견하도록 촉구하는 내적 태도이다. 이러한 태도는 특히 삶의 모호함을 두려워하지 않고 용감하게 대면한다.

그러니까 행동과 결정들은 깊은 곳에 뿌리를 내려야 하고, 시대의 징표에 대한 주의 깊은 해석이, 곧 숙고하면서 기도하는 가운데 이루어지는 해석이 동반되어야 한다. 시대의 징표는 어디에나 있다. 커다란 국제적 사건에서부터 어떤 신자가—누가 됐건—쓴 하나의 편지에 이

---

55 호르헤 마리오 베르골리오, 『도시 안의 하느님』*Dio nella città*, San Paolo, Cinisello Balsamo(MI) 2013, p. 32.

르기까지 말이다.

베르골리오에게 있어 세상은 항상 움직이고 있다. 중요한 것과 중요치 않은 것을 분류하기 위한 판단의 잣대를 지닌 일반적 관점은 통하지 않는다. 성령의 삶은 다른 기준들을 가지고 있는 것이다. 교황 프란치스코는 이 기준들을 따른다. 또 결정을 내리는 그의 통상적인 방법은 그가 나에게 명료하게 말한 것처럼 로욜라의 이냐시오가 '두 번째 시기'라고 부르는 것, 곧 "위로와 실망의 체험 및 다양한 영靈들의 분별 체험을 통해서 상당한 명확성과 인식을 얻는 때"(『영신 수련』 176)이다. 선택을 함에 있어 호르헤 마리오 베르골리오를 항상 인도해온 것은 이러한 유형의 '명확성과 인식'이다. 그 선택들이 '평온한 시기'에 이루어질 때도, 다시 말해 영혼이 "본성의 능력들을 자유롭고 침착하게 행사하는"(『영신 수련』 177) 때에도 그는 내적 위로에 인도되는 명확한 인식을 기다린다.

교황이 밝히듯이 처음 보기에는 즉각적이고 자연적으로 보이는 그의 일상적 선택들도 영적 식별이 인도한다는 것은 중요하다. 예를 들면, 산타 마르타에 그대로 남아 살기로 한 결정에 대해 말할 때 그는 '선별選別'이라는 용어를 사용했다. 하느님의 뜻에 대한 주의 깊은 내적 식별의 열매인 선택을 지칭하기 위한 성 이냐시오의 전형적 언어인 이 단어를 교황이 사용한다는 사실은 나에게 깊은 인상을 주었다.

이러한 관점을 요약하는 원리는 '가장 큰 것에 압도당하지 않고, 가장 작은 것 안에 담기기. 그것이 신적인 것이다.' 이다. 이 표현은 익명의 예수회원이 로욜라의 이냐시오를 기려 작성한 긴 묘비명의 일부이다. 횔덜린Hölderlin은 이를 무척도 좋아하여 자신의 『히페리온』 Hyperion에 표제로 가져다 썼다. 횔덜린이 베르골리오가 좋아하는 시인이라는 것은 잘 알려져 있다. 선출되고 이틀 뒤에 클레멘스 홀[56]에서 추기경들을 접견하면서 그의 시를 원문으로 인용할 정도였다. 아래에서 보는 윌리엄 블레이크의 시 몇 소절이 우리가 이 묘비명을 이해하는 데 도움이 될 수 있을 것이다.

하나의 모래알에서 세상을 보고

들꽃 하나에서 하늘을 본다.

---

56 역주. 바티칸의 교황궁 안에 있는 큰 방으로, 교황의 응접실로 사용하며, 필요에 따라 다양한 행사와 전례 의식을 위한 장소로도 사용한다.

손바닥 안에 무한無限을 담고

한 시간 안에 영원을 담는다.

교황 프란치스코는 무엇을 말하고자 하는가? 하느님 나라의 지평에서는 무한히 작은 것이 무한히 큰 것일 수 있고 무한히 광대한 것이 하나의 새장일 수 있다는 것이다. 커다란 계획은 아주 작은 몸짓 안에서, 작은 걸음에서 실현된다. "하느님은 작은 것 안에, 자라나고 있는 것 안에 숨어 계신다. 우리가 볼 수는 없지만."[57] 이는 새로운 것이 아니고 적어도 그가 관구장이었을 당시부터 지니고 있던 생각이었으며, 1981년에는 「큰 것과 작은 것으로 인도하기」Conducir en lo grande y en lo pequeño라는 제목의 에세이를 썼는데, 이는 현재 『수도자들을 위한 묵상』[58]이라는 책 안에 들어 있다. 교황은 이것을 아직도 마음에 잘 간직하고 있고 우리의 대화 중에 암시적으로 인용하는 것

---

57 호르헤 마리오 베르골리오, 『생명을 선택하기. 어려운 시대를 위한 제언』Scegliere la vita Proposte per i tempi difficili, Bompiani, Milano 2013, p. 78.

58 호르헤 마리오 베르골리오, 『수도자를 위한 묵상』Meditaciones para religiosos, Diego de Torres, San Miguel 1982.

을 나는 알아차렸다.

❋ ❋ ❋

그러니까 식별은 교황 프란치스코가 자신의 직무를 살아가는 방식을 이해하기 위한 근본적인 열쇠가 되는데, 그 방식은 그가 양성받았던 영성 안에 뿌리를 두고 있는 것이다. 하지만 다른 한편으로는, 이 인터뷰의 첫 부분을 여러 차례 다시 읽으면서 나는 이 부분이 어쩌면 베르골리오를 이해하기 위해 가장 중요한 부분일 것이라는 사실을 알게 되었다. 그가 예수회원들에 대해 말할 때는 당연히 자기 자신에 대해 말하고 있는 것이기 때문이다. 교황 프란치스코가 예수회원들에 대해 (그러니까 자신에 대해) 제공하는 정의定義의 열쇠는 "완성되지 않은 생각, 열린 생각의 사람"이다. 또 "예수회원은 자기가 향해 가야 하는 지평선을 바라보면서, 그리스도를 중심에 두고 항상 계속해서 생각"한다.

이것이 내가 볼 때는 결정적으로 중요한 구절이다. 이를 더 잘 이해하도록 해보자. 교황이 모든 생각을 분명하고 뚜렷하게 가지고 있다고 믿는 사람들이 많아서 그들은 그에게 교회를 어디로 끌어가고 싶은지를 묻는다. 많은 사람이 그가 분명한 출발점과 도착점을 갖고 있다고 생각하고 전략과 목표에 대해 캐묻는 것이다. 이런 추론 방식에는 잘못된 것이 전혀 없다. 그렇지만 베르골리오적 생각은 아니고, 뭔가를 발생시키는 능력을 가진 행동의 역학도 아니다. 교황은 출발의 배경과 상황은 분명하게 지니고 있다. 하지만 그가 가려고 의도하는 길은 그에게는 그야말로 열려 있는 것이고 미리 기록된 로드맵에 들어 있는 것이 아니다. 길은 걸으면서 열리는 것이다. 2007년 7월 29일 사제들에게 보낸 어떤 편지에서 말했듯이 지평地平이 울타리가 될 정도까지 가까이 가지 않도록 주의할 필요가 있다. 지평은 실제로 열려 있어야 한다.

그러므로 교황은 자문諮問을 들을 때와 기도할 때 미래를 향해 그의 존재를 열어주는 식별의 역동성 안으로 들어간다. 이는 교회 개혁의 미래에 대해서도 그러한데 교회 개혁은 어떤 계획이 아니라 정신의 실행인 것이다. 베르골리오가 사용하는 수단들은 결코 순전히 기능적이기만 한 것들이 아니다. 이는 그가 특히 예수회원들의 활동에 대해 "예수회의 도구성道具性"은 "기능적이어서는 안 되고 신비적이어야 함을, 곧 효율성이 중요한 것이 아니

라 신비가 중요함을"분명히 해준다고 나에게 말했던 바
와 같다. 이런 의미에서 교황 프란치스코는 "완성되지
않은, 열린"생각의 인간이다. 그리고 이는 그 자신이 인
터뷰에서 말하듯이 한편으로는 "탐구와 창의성과 관대
함"을 요구하고 다른 한편으로는 "겸손과 희생과 용기"
를 요구한다. 특별히 어려운 시기를 살아갈 때 이러한 태
도를 지니도록 독려받는다.

교황은 인터뷰에서 자신이 직접적 증인이었던 복합적
인 문제 하나를 언급하는데 이 문제는 베드로 아루페 신
부(1907~1991)가 예수회의 총장이었을 때와 연관된다. 중
국의 제사와 말라바르의 전례, 그리고 파라과이의 레둑
시온도 언급한다. 제사 문제는 진정한 선구자들인 마태
오 리치(1552~1610)와 로베르또 데 노빌리(1577~1656)[59]라는
인물들과 연결되어 있다. 사실 예수회원들은 선교에서
복음의 선포를 문화와 현지의 예배 방식에 적응시키고자
했다.

---

59 역주. 인도선교에서 현지의 생활양식과 사고방식에 적응하는 선교 정
책으로 가톨릭으로 개종한 사람들의 관습을 허용했고 토속종교도 관용
으로 대했던 예수회 선교사.

하지만 이것이 어떤 사람들에게 걱정을 끼쳤고, 교회 안에서는 이것이 마치 그리스도교 메시지가 오염되는 결과를 가져오기라도 하는 것처럼 이러한 태도 안에 들어 있는 정신에 반대하는 목소리들이 일어났다. 몰이해는 특히 죽은 조상들을 공경하는 제사의식祭祀儀式의 용납 여부를 두고 생겨났는데, 이 제사의식에서는 참되고 고유한 예배의 성격을 알아차릴 수 있었고 호칭들로 하느님을 명시하는 방식, 곧 '천天'이라는 말이 오해를 불러올 만 했던 것이다.

'예언적豫言的' 성격의 그러한 문제들에 있어서 예수회는 당시에 수용되지 않던 입장을 취했었는데, 그러한 태도는 사실들에 대한 일반적 이해를 넘어서는 것이었다. 파라과이의 '레둑시온'의 모험도 그러했는데, 레둑시온은 예수회원들이 조직한 원주민 공동체로 점점 더 자율적인 공동체가 되어가다가 결국에는 스페인과 포르투갈에서 파견된 선교사들에게 공격당하여 소멸되었다.

"이런 경우들에 있어서 예수회원은 공식화된 부정적 판단들에 차단당해서는 안 되며, 그 부정적 판단들을 받아들여 기도 안에서 살고 문제나 모호함이 어디에 있는지 이해하기 위해 열린 대화를 시작해야 합니다." 하고 교황은 나에게 말했다. 때로는 그가 나에게 이야기해준 경우들에서 보듯이 이것은 결코 쉽지 않은 일이다. 이 모든 것들이 바로 미완성의 열려 있는 생각들을 가진 사람들, 베드로 아루페, 마태오 리치, 로베르토 데 노빌리 같은 인물들이 실제로 경험했던 상황이요 도전들이다.

베르골리오에게 있어서 이 미완성의 지평이자 동시에 중심이 되는 것은 항상 그리스도이다. 교황 프란치스코에게 예수회는 오직 그리스도가 그 중심에 있을 때만 예수회이다. 예수회의 '기본법'(포르물라 인스티투티)Formula Instituti에 씌어 있는 대로인데, 이 문헌은 "예수의 이름을 수여 받은 우리 예수회 안에서 하느님을 위한 군사로 십자가의 깃발 아래 모여, 지상에서 그리스도의 대리자인 로마 교황을 위해 준비된 자세로, 오로지 주님과 그분의 신부인 교회만을 섬기고자 하는 누구에게나"라는 말로 시작된다.

교황 프란치스코는 2013년 7월 31일, 성 이냐시오의 축일에 미사 중 바로 예수회원들에게 이렇게 말했다. "우리 예수회원들의 문장紋章은 '인간의 구원자 예수Iesus Hominum Salvator'의 첫 글자들로 이루어진 모노그램IHS입니다. 여러분은 각자가 저에게 '우린 그걸 아주 잘 압니다!' 하고 말할 수 있겠지요. 하지만 이 문장은 우리에게 우리가 결코 잊어서는 안 되는 실제를 계속해서 상기시켜줍니다. 그것은 바로 우리 각자와 예수회 전체에 있어서 그리스도께서 지니신 중심성이며, 성 이냐시오는 바로 그 준거점을 가리키기 위해 바로 '예수의' 회라고 부르기를 원했던 것입니다. 그뿐만 아니라 이냐시오는 『영신 수련』의 서두에서도 우리를 우리의 주님 예수 그리스도 앞에, 우리의 창조주이시요 구세주이신 분 앞에 세웁니다.[60] 이는 우리 예수회원들과 예수회 전체로 하여금 '중심을 벗어나도록' 이끌어가며, 끊임없이 우리 자신을 벗어나 밖으로 나가게 하고, 우리를 일종의 '비움kenosis'으로 데려가는, 곧 '자신의 사랑과 자기 의지와 자기 관심에서 벗어나게' 하는 '항상 더 크신 그리스도', '항상 더 크신 하느님', '나의 내면보다 더 나에게 내밀하신 분'을 우리 앞에 모시도록 이끌어갑니다. '그리스도가 내 삶의 중심인가?' '나는 정말로 그리스도를 내 삶의 중심에 모시는가?' 하는 질문은 우리에게, 우리 모두에게 당연한 것이 아닙니다. 우리에게는 늘 자기를 중심에 두려는 유혹이 있기 때문입니다. 예수회원이 그리스도가 아니라

---

60 역주. 『영신 수련』 5.

자기 자신을 중심에 둔다면 잘못하는 것입니다."

이런 의미에서 베르골리오에게 있어서는 무엇보다도 먼저 예수회원들이 '수덕가들'이 아니라 '신비가들'이어야 할 필요가 있다. 예수회 자체 안에는 그가 가려내듯이, 어쩌면 너무 성급한 방식인지는 몰라도, 수덕적 엄격주의와 교육적 명료함이라는 흐름과 개방적 신비학과 경험적 서술이라는 흐름으로 정의할 수 있을 두 가지 흐름이 분명히 드러난다.

✤✤✤

베르골리오적 관점의 종합이요, 거의 모델이라고 할 만한 준거가 되는 인물은 이냐시오 로욜라의 첫 번째 동료인 베드로 파브르(1506~1546)인 것 같다. 그는 베르골리오에게 소중한 영적 인간의 특징들을 요약한 것 같은 "개혁된 사제"이다. 식별의 사람, 커다란 부드러움을 지닌 사람, 대화의 자세가 갖추어져 있고 대화의 능력을 지닌 사람, 하지만 또한 커다란 결정들을 내릴 준비가 되어 있는 사람인 것이다. 특히 파브르는 인간이 하느님과 대화하기를 배우고 하느님의 신비를 느끼기를 배우는 바탕

이 되는, 그리고 커다란 결정들을 내리는 감정과 영적 애정의 복합성의 차원에 자신이 있음을 확신한다. 그는 (그리고 파브르는) 자신이 "그리스도교적 실존의 거짓 신비가적 경향이라는 끊임없는 유혹"[61]이라고 정의한 내용과는 거리가 멀다. "일상의 삶, 구체적인 삶과의 접촉을 상실해 가고 있는 그런 종류의 영신적靈神的 그리스도교"는 그에게서 거리가 멀다.[62] 베르골리오는 "감정적 요소를 들어 높이는 것"[63]을 지나치게 신뢰하는 것을 두려워한다.

반대로, 특히 그의 영적 양성을 위해서 그가 알고 있는 것은 이냐시오가 『영신 수련』에 쓴 것처럼 하느님께서는 우리 각자에게 내적 "움직임들"을 통해 우리에게 당신 자신을 전달하시고(313~336번), "의지를 움직이시고 이끄신다."(175번) 애정이 풍부한, 만남과 이끄심의 이 영역은 이성에도, 삶의 영위와 그 실천적 계획들에도 전혀 대립하지 않으며, 오히려 그것들에 활력을 준다. 곧 "마음은 관념과 현실을 결합한다."[64]라고 베르골리오는 쓰고 있

---

61 호르헤 마리오 베르골리오, 『생명을 선택하기』*Scegliere a vita*, p. 70.
62 같은 책, p. 71.
63 같은 책, p. 72.
64 호르헤 마리오 베르골리오, 『규율과 열정. 교육자들을 위한 오늘날의

다. 예컨대 파브르에게 있어 내적 체험과 구조적 개혁이 어떻게 긴밀하게 서로 연결되어 있는지를 입증하는 것은 몹시 흥미로운 일이다. 그것은 교황 프란치스코에게 있어서도 마찬가지다.

여기서 기억해야 할 것은 우리가 파브르에 대해서 '개혁'이라는 말을 쓸 때는 그가 보름스와 라티스보나의 회의(1540~1541)에도 참석하면서 실행해온 개신교도들과의 광범위하고 심도 있는 대화를 가리킨다는 것이다. 교황 바오로 3세가 그를 트렌토 공의회에 신학자로 참석하도록 부르기까지 했다. 비록 그는 트렌토에 도착하고 얼마 지나지 않아 탈진 상태의 피곤으로 말미암아 죽고 말았지만. 호르헤 마리오 베르골리오의 통치 스타일을 알기 위해서는 파브르의 체험이 더 깊이 이해되고 연구되어야 한다.

마지막으로, 그에 대해 풍부하고도 복합적인 개인적 그림을 완성하는 것은 그의 통치 방식에 대한 숙고인데, 이는 교황 프란치스코와의 대화에서 직접적으로 떠오른

도전들』*Disciplina e passione. Le sfide di oggi per chi deve educare*, Bompiani, Milano 2013, p. 45.

다. 교황 자신이 기억하는 것처럼 그의 최초의 통치 체험은 예수회 안에서 몹시 젊은 아르헨티나 관구장으로서 1973년에 했던 체험이었다. 1960년대 말의 세상에서 예수회는 퇴회와 관련하여 1968년도의 운동[65]으로부터 강력한 영향을 받았다. 결과적으로 한 세대가 사라졌으며 베르골리오 신부는 흔치 않은 나이에, 곧 너무 젊은 나이에 관구장이 되었던 것이다.

관구장 임기 초기에는, 그리고 그야말로 격동의 상황에서, 베르골리오는 거칠고 개인적인 방식으로 결정을 내리는 사람이었다. 당시에는 그런 식으로 결정해버리는 성향이 그를 초보수주의자로 통하게 했다. 그의 말에서는 오늘날 우리가 보는 것처럼 행동하고 말하는 교황을 거의 찾아볼 수 없을 것 같다. 하지만 오늘날 교황은 이렇게 덧붙인다. "저는 결코 우파인 적이 없었습니다." 이 말에 대해 역사적 전후 맥락과 동떨어진 방식으로 추

---

[65] 역주. 1968년 베트남 전쟁과 체 게바라의 죽음 이후 낡은 세계를 쳐부수려는 파리의 대학생들에게서 시작하여 서유럽 전체를 휩쓸고 아메리카로 번져간 학생운동을 말한다. 기존 체제의 비리와 진부함을 넘어선 사회변혁을 시도하면서 시작된 이 운동은 학생만이 아니라 많은 국민들의 참여를 유도했다.

론과 추정을 하는 것은 소용없는 일이다. 다른 한편으로
는 베르골리오가 세르지오 루빈과 프란치스카 암브로제
티와 한 인터뷰에서 "나는 공산주의자였던 적이 한 번도
없었다."[66]라고 선언했던 것도 잊지 말자.

그러니까 이념적이고 추상적인 의미의 우파이냐 좌파
이냐 하는 문제가 아니다. 교황 프란치스코는 언제나 체
험에 준거하면서 말한다. 자신의 체험이거나 상대방의
체험이거나 간에. 막연한 추상적 사변으로 말하지 않는
다. 자신의 태도로 인해 그는 극우파라고 비난받았지만
그는 한 번도 극우파인 적이 없었다. 여기서 이 말은 물
론 정치적이건 교회적이건 그가 살았던 역사적 맥락과
연결되어 있다. 아르헨티나의 독재를 묵인했다는 비난이
나중에 부인되고 반대로 뒤집어진 것도 우리는 기억한
다.[67] 결론적으로 교황의 말을 그가 마치 특정한 정치적
방향과 어느 정도 연결되어 있기라도 한 것처럼 일반화

---

66 호르헤 마리오 베르골리오. 『교황 프란치스코. 새 교황이 자신에 대해
이야기하다』*Papa Francesco. Il Nuovo Papa si racconta*, p. 45.

67 N. Scavo. 『베르골리오 리스트. 독재 시기에 프란치스코에게 구원된
사람들. 이야기된 적 없는 역사』*La lista di Bergoglio. I salvati da Francesco
durante la dittatura. La storia mai raccontata*, Emi, Bologna 2013 참조.

할 일은 아니다. 오히려 실제로 분명해 보이는 것은 프란치스코가 진보와 보수의 경직된 틀이 더 이상 통하지 않는 것 같은 그런 방식으로 행동하고 있다는 것이다. 그런 틀은 더 이상 버티지 못하는 것이다.

특히 참된 회심悔心과 복음에의 투신을 포함하지 않는 모든 '경건한' 태도는 이제 그 헛됨을 드러내고 있다. 같은 방식으로, 신앙을 '캐비아 좌파'gauche caviar[68]의 계몽주의적 형태로 해체하려는 모든 경향은 실체가 없는 것으로 드러난다. 베르골리오의 첫 번째 반박은 단순히 '그들은 기도하지 않는다.'일 것이다.

예수회의 아르헨티나 관구장이었을 때 베르골리오는 나름의 대가를 치르면서 확정적이고 영속적인 결정을 내리는 것은 직관으로 하는 게 아니라는 것을 배웠으며, 앞에서 보았듯이 식별을 통해서 그는 충동에 맡기지 않는 법을 배웠다. 그는 큰 대가를 치렀다. 교황은 나에게 당시에 겪은 중대하고 극적인 내적 위기의 시기를 암시했

---

68 역주. 말로는 사회주의를 옹호하면서도 실생활에서는 값비싼 캐비아(철갑상어 알)를 즐기면서 사회주의적 가치와 모순된 방식으로 사는 위선적 좌파를 가리키는 프랑스어 표현.

다. 역설적이게도 그가 주교가 되었던 것은 바로 그 순간
이었다. 결국 "주님께서 저의 결점들과 죄를 통해서 이러
한 통치의 교육을 허락하신 것"임을 위로와 영적 기쁨으
로 스스로 인정하기에 이른다. 처음에 그가 한 말이 다시
떠오른다. "저는 주님께서 바라보아주신 죄인입니다."

II

"교회와 함께 생각하기"

계속 교회에 대한 주제를 다루기로 하고 나는 교황 프란
치스코에게 성 이냐시오가 『영신 수련』에서 쓴 "교회와
함께 생각하기"라는 것이 정확히 무슨 의미인지 알아보
고자 했다. 교황은 하나의 표상에서 출발하면서 망설임
없이 답했다.

"제가 좋아하는 교회의 표상은 하느님의 거룩하고 충
실한 백성이라는 표상입니다. 내가 자주 사용하는 정의
이고 교회 헌장[69] 12항이 제시하는 표상이기도 하지요.

---

[69] 역주. 1962년부터 1965년 사이에 열린 제2차 바티칸 공의회의 문헌들

어떤 백성에 속한다는 것은 강력한 신학적 가치를 지닙니다. 곧 구원사救援史 안에서 하느님은 한 백성을 구원하셨지요. 백성에 속하지 않고서는 온전한 정체성을 가질 수 없습니다. 그 누구도 고립된 개인으로서 혼자서 자신을 구원하지 못하며, 하느님은 인간 공동체 안에서 실현되는 복합적인 인간 상호 간의 관계망을 고려하면서 우리를 끌어당기십니다. 하느님은 백성의 이러한 역동성 안으로 들어오십니다.

백성은 주체입니다. 교회는 기쁨과 고통을 지니고 역사 안에서 걸어가는 하느님 백성이고요. 그러니까 '교회와 함께 생각하기'Sentire cum Ecclesia[70]는 나에게는 이 백성 안에 있다는 것입니다. 신자들의 총체는 믿는 행위에서 오류를 범할 수 없으며, 길을 가는 백성 전체가 지닌 신앙의 초자연적 감각[71]을 통해 이 '믿음에서의 무류성無謬性'

중 다른 모든 문헌의 토대가 되는 교의헌장教義憲章으로 가톨릭 교회가 자신에 대해 성찰하고 교회의 본질과 사명을 밝히고 있는 문헌이다.

70 역주. "Sentire cum Ecclesia"에서 sentire는 '느끼다, 듣다, 생각하다, 판단하다' 등의 의미를 가진 라틴어 동사로, 이 표현에서는 그 모든 의미를 포괄한다. 따라서 "생각하기"라는 번역은 가톨릭 교회 문헌에서 사용하는 번역어이지만 교회의 가르침에 따라 느껴 알고 판단한다는 넓은 의미로 이해해야 한다.

infallibilitas in credendo을 나타냅니다. 바로 이것을 오늘 나는 성 이냐시오가 말한 '교회와 함께 생각하기'라고 이해합니다. 사람들과 주교들과 교황 사이의 대화가 이 길로 나아갈 때, 그리고 신실信實할 때, 그러할 때는 성령께서 거기 계시는 것입니다. 그러니까 '생각하기'란 신학자들을 두고 하는 말이 아닌 것이죠.

마리아에 대해서 말할 때도 마찬가지예요. 그분이 누구인지 알고 싶으면 신학자들에게 묻지요. 그분을 어떻게 사랑하는지 알고 싶다면 백성에게 물어야 해요. 또 마리아 자신도 찬가 마니피캇Magnificat[72]에서 보는 것처럼 예

---

71 역주. 교회 헌장 12항에서는 이 신앙 감각sensus fidei을 다음과 같이 말한다. "성령께 도유塗油를 받는 신자 전체는(1요한 2,20과 27 참조) 믿음에서 오류를 범할 수 없으며, '주교부터 마지막 평신도에 이르기까지' 신앙과 도덕 문제에 관하여 보편적인 동의를 보일 때에, 온 백성의 초자연적 신앙 감각의 중개로 이 고유한 특성을 드러낸다. 실제로 진리의 성령께서 일깨워주시고 지탱해주시는 저 신앙 감각으로 하느님의 백성은 거룩한 교도권의 인도를 받는다."

72 역주. 루카 복음 1장에 의하면 예수를 잉태한 마리아가 사촌 엘리사벳을 찾아갔을 때 그의 축복의 인사에 대한 답으로 불렀다고 전해지는 찬미가로 가톨릭 교회에서 매일 저녁기도 중에 바친다. "내 영혼이 주님을 찬송하고 내 마음이 나의 구원자 하느님 안에서 기뻐 뛰니 그분께서 당신 종의 비천함을 굽어보셨기 때문입니다. 이제부터 과연 모든 세대가 나를 행복하다 하리니 전능하신 분께서 나에게 큰일을 하셨기 때문입니다. 그분의 이름은 거룩하고 그분의 자비는 대대로 당신을 경외하는 이

수님을 백성의 마음으로 사랑하셨어요. 그러니까 '교회와 함께 생각하기'에 대한 이해가 단지 교회의 교계적 부분에만 연결된다고 하는 것은 생각조차 해서는 안 되는 것이지요."

교황은 잠시 멈추었다가 오해를 피하기 위한 세부적 설명을 건조한 어조로 덧붙였다.

"물론 공의회에 비추어 내가 말하고 있는 이 전체 신자들의 무류성이 민중주의의 한 형태라고 여기지 않도록 아주 주의해야 합니다. 아니에요. 이 무류성은 성 이냐시오가 일컫는 대로 '거룩한 어머니 교계적 교회'의 체험이요, 목자와 백성을 함께 아우른 하느님 백성으로서의 교회의 체험입니다. 교회는 하느님 백성 전체입니다.

나는 하느님 백성 안에서 거룩함을 봅니다. 일상적 거룩함을요. 우리 모두가 참여할 수 있는 '거룩함의 중류층中流層'이라는 것이 있습니다. 말레그Malègue가 말한 건

들에게 미칩니다. 그분께서는 당신 팔로 권능을 떨치시어 마음속 생각이 교만한 자들을 흩으셨습니다. 통치자들을 왕좌에서 끌어내리시고 비천한 이들을 들어 높이셨으며 굶주린 이들을 좋은 것으로 배불리시고 부유한 자들을 빈손으로 내치셨습니다. 당신의 자비를 기억하시어 당신 종 이스라엘을 거두어주셨으니 우리 조상들에게 말씀하신 대로 그 자비가 아브라함과 그 후손에게 영원히 미칠 것입니다."

데요."

교황은 자신이 아끼는 프랑스 작가 요셉 말레그를 말하고 있는데 그는 1876년에 태어나 1940년에 죽었다. 교황은 특히 그의 미완성 3부작 『검은 돌. 구원의 중류층』 Pierres noires. Les Clesses moyennes du Salut을 가리켜 말하고 있다. 일부 프랑스 비평가들은 그를 '천주교의 프루스트'라고 불렀다.

"인내하는 하느님 백성 안에서 거룩함을 봅니다. 자녀를 기르는 여자, 집에 빵을 가져가려고 일하는 남자, 병자들, 많은 상처를 가지고 있지만 주님을 섬겼기에 미소를 지닌 나이 든 신부들, 많은 일을 하는, 숨은 거룩함을 살아가는 수녀들 안에서요. 이것이 나에게는 평범한 거룩함이에요. 거룩함을 나는 자주 인내와 결합하지요. 끈기 있게 벌어지는 사건들과 삶의 상황들을 짊어지고 견디어내는 것으로서의 인내만이 아니라 하루하루 꾸준히 걸어가는 항구함으로써의 인내를 의미하기도 합니다. 이것이 성 이냐시오가 말하는 전투 교회Iglesia militante[73]의 거

---

73 역주. 『영신 수련』 352 참조. "전투 교회"는 영광을 누리는 천상의 교회에 비해 선과 악의 싸움터로서의 현세의 교회를 말한다. 현대에는 '순례

룩함입니다. 이것이 저에게 아주 잘해준 할머니 로사의 거룩함이었어요. 성무일도서聖務日禱書[74]에 저는 제 할머니 로사의 유언장을 끼워놓고 자주 읽지요. 저에게는 하나의 기도문 같아요. 할머니는 무척 고통을 받으면서도— 정신적으로도—용감하게 항상 앞으로 나아간 성녀였습니다.

우리가 함께 '생각해야' 할 이 교회는 모든 사람의 집입니다. 선발된 사람들의 단체만을 수용할 수 있는 작은 경당이 아니고요. 보편교회의 품을 우리의 평범함을 감싸는 둥지로 축소시켜서는 안 됩니다. 교회는 어머니예요."

계속해서 그는 말한다.

"교회는 번식력이 있으며 그래야 합니다. 보세요. 제가 교회의 직무자들[75]이나 축성생활자들[76]의 어떤 부정적인 행동거지를 볼 때 저에게 가장 먼저 떠오르는 것은

하는 교회'라는 표현이 선호된다.

74 역주. 각주 49 참조.

75 역주. 교회 안에서 임무를 맡은 자로서의 사제를 가리키는 용어. 사도의 임무를 받은 자라는 의미이다.

76 역주. 수도자들과 재속회 회원들, 은수자, 동정녀회 회원들 등을 포함하며, 성직자 및 평신도와 더불어 교회의 세 가지 신원을 이룬다.

'저 노총각'이거나 '저 노처녀'입니다. 아버지도 아니고 어머니도 아니지요. 그들은 생명을 줄 능력이 없었어요. 그와 달리, 예를 들어 파타고니아에 갔었던 살레시오회 선교사들의 삶을[77] 읽었을 때, 그것은 생명의 이야기요 풍요로운 생산의 이야기였습니다.

　요즘에 보는 또 다른 예는 이것입니다. 저에게 편지를 쓴 어떤 소년에게 제가 전화를 건 일을 신문들이 무척 많이 이야기하는 것을 보았는데요. 제가 그 아이에게 전화를 건 것은 그 편지가 무척 아름다웠고 아주 단순했기 때문입니다. 저에게는 이것이 풍요로운 생산의 행위였어요. 저는 자라나고 있는 한 청소년이 저에게서 아버지를 보고 그 아버지에게 자기 삶의 어떤 이야기를 했다는 것을 알아차렸던 것입니다. 아버지는 '난 전혀 상관없어.' 하고 말할 수 없지요. 이 풍요로운 생산성은 저에게 아주 유익합니다."

---

[77] 역주. 살레시오회는 1880년 파타고니아에서 최초로 해외 선교사업을 시작했다.

젊은 교회들과 오래된 교회들

나는 교회라는 주제에 계속 머물면서 최근의 세계 청년 대회에 비추어 또 하나의 질문을 했다.

"이 큰 행사는 더 나아가서 젊은이들에게 스포트라이트를 비추었지만 '영적 허파들'에 해당하는 근래에 세워진 교회들도 비추어주었지요. 이 젊은 교회들에서 나오는 것으로 보이는 보편교회를 위한 희망은 무엇입니까?"

"젊은 교회들은 신앙과 문화, 그리고 되어가는 과정에 있는 삶의 종합을 발전시킵니다. 그러니까 더 오래된 교회들이 발전시켜온 것과는 다른 종합이지요. 저에게는 오래전에 세워진 교회들과 근래에 세워진 교회들 사이의 관계는 한 사회 안에서 노인들과 젊은이들 사이의 관계와 비슷합니다. 곧 함께 미래를 건설하는데 한쪽은 자신들의 활력으로, 또 다른 쪽은 자신들의 지혜로 건설하는 것이지요. 물론 항상 위험이 따르지요. 젊은 교회들은 자만자족으로 갈 위험이 있고 더 오래된 교회들은 젊은 교회들에 자기네 문화 모델을 부과할 위험이 있어요. 하지만 미래는 함께 건설합니다."

교회? 하나의 야전병원……

베네딕토 16세는 교황직 사임을 발표하면서 오늘날의 세계를 빠른 변화를 겪고 있는 것으로, 그리고 몸과 영혼 둘 다에 활력을 요구하는 신앙생활에 커다란 중요성을 지닌 문제들로 인해 동요하는 것으로 묘사했다. 나는 방금 그가 말한 바에 비추어서 그에게 물었다.

"이 역사적 순간에 교회에 가장 필요한 것은 무엇입니까? 개혁이 필요합니까? 향후의 교회에 대한 교황님의 바람은 무엇인지요? 어떤 교회를 '꿈꾸십니까?'"

프란치스코 교황은 내 질문의 첫머리를 취하여 말을 시작했다.

"베네딕토 교황은 거룩하고 위대하고 겸손한 행위를 하셨습니다. 하느님의 사람이지요."

그렇게 그는 자신의 선임자에게 커다란 애정과 엄청난 경의를 드러냈다. 그는 계속해서 말했다.

"내가 분명히 보는 바로는 오늘날 교회가 가장 필요로 하는 것은 상처를 치료하고 신자들의 마음을 뜨겁게 하는 능력과, 가까이 머물기, 곁에 있기입니다. 나는 교회를 전투가 끝난 후의 야전병원으로 봅니다. 중상을 입

은 사람에게 콜레스테롤이 있는지 혈당의 수치가 높은지
물어보는 일은 쓸데없는 일이지요. 먼저 환자의 상처를
치료해야 합니다. 그러고 나서 다른 모든 것에 대해 말
할 수 있을 것입니다. 상처를 치료하기요, 상처를 치료하
기…… 아래로부터 시작할 필요가 있지요.

교회는 종종 작은 것들 안에, 작은 규정들 안에 자신을
가두었습니다. 그런데 가장 중요한 것은 '예수 그리스도
가 너를 구원했다!'라는 최초의 선포입니다. 교회의 직무
자들은 무엇보다도 먼저 자비의 직무자여야 합니다. 예
를 들어 고백사제는 항상 너무 엄격하거나 너무 느슨할
위험이 있어요. 둘 중 어느 쪽도 자비롭지 않습니다. 둘
중 어느 쪽도 진정으로 사람을 책임 맡지 않는 것이니까
요. 엄격주의자는 그 사람을 계명에다 맡기고 손을 씻어
버리지요. 느슨한 사람은 그저 '이건 죄가 아니야.'라거
나 그와 비슷한 말들을 하면서 손을 씻어버립니다. 사람
들은 동반을 받아야 하고 상처는 치료를 받아야 합니다.

우리는 하느님의 백성을 어떻게 대하고 있습니까? 나
는 어머니요 목자인 교회를 꿈꿉니다. 교회의 직무자들
은 자비로워야 하고 착한 사마리아 사람처럼 사람들을
동반하면서 그들을 책임져야 하지요. 착한 사마리아 사

람은 이웃을 씻어주고 닦아주고 일으켜주지요. 이것이 순수한 복음입니다. 하느님은 우리의 죄보다 크십니다. 조직과 구조의 개혁은 이차적인 것입니다. 다시 말해 그 다음에 오는 것이지요. 첫 번째 개혁은 태도의 개혁이어야 합니다. 복음의 직무자들은 사람들의 마음을 따뜻하게 할 수 있고, 밤중에 그들과 함께 걸어갈 수 있으며, 대화할 수 있는 사람들이어야 하며, 자신들의 밤 속으로, 자신들의 어둠 속으로 길을 잃지 않고 내려갈 수 있어야 합니다. 하느님 백성은 국가의 관리들이나 성직자가 아니라 목자들을 원합니다. 특히 주교들은 아무도 뒤처지지 않도록, 또한 새로운 길을 찾는 민감한 감각을 지닌 양떼를 동반하기 위해서도 인내를 가지고 자기 백성 안에서 하느님의 발걸음을 떠받칠 수 있는 사람들이어야 합니다.

단지 문을 열어놓고 사람들을 맞이하고 받아들이는 교회로만 남아 있기보다는 새로운 길을 찾아내기도 하는 교회가 되도록 합시다. 밖으로 나가서 교회에 다니지 않는 사람, 교회에서 떠나간 사람이나 무관심한 사람을 찾아갈 수 있는 교회가 되자고요. 교회를 떠나간 사람이 교회를 떠난 이유를 잘 이해하고 평가한다면 그를 교회로 다시 데려올 수 있는 이유가 될 수도 있지요. 하지만 대담성과 용기가 필요하지요."

나는 교황이 말하고 있는 내용을 받아서, 교회의 입장에서는 정상이 아닌 상황 속에서, 혹은 어떤 식으로건 복잡한 상황 속에서 살아가는 그리스도인들이 있다는 사실, 이런 저런 방식으로 열린 상처를 안고 살아가는 그리스도인들이 있다는 사실을 언급했다. 이혼하고 재혼한 사람들, 동성애 커플들, 다른 어려운 상황들을 나는 생각한 것이다. 이런 경우들에는 어떤 선교사목을 할 것인가? 무엇에 기댈 것인가? 교황은 내가 말하고자 하는 바를 이해했다는 표시를 하고는 다음과 같이 답했다.

"우리는 모든 길을 통해서 복음을 선포해야 합니다. 하느님 나라의 기쁜 소식을 전하면서, 모든 종류의 질병과 상처를 치료하면서—우리의 설교를 통해서도—복음을 선포해야 해요. 부에노스아이레스에서 나는 동성애자들의 편지를 받은 적이 있지요. 이들은 '사회적 상처'입니다. 교회가 자신들을 항상 단죄해온 것으로 느낀다고 말했기 때문이지요. 하지만 교회는 그렇게 하고 싶어 하지 않습니다. 리우데자네이루에서 돌아오는 비행기 안에서 저는 만약 어떤 동성애자가 선의를 가지고 있고 하느님을 찾는다면 저는 그 사람을 심판하기 위해 존재하는 사람이 아니라고 말했습니다. 나는 『교리서』가 하는 말을 한 것입니다. 종교는 사람들에게 봉사하기 위해서 자기 의견을 표현할 권리가 있지요. 하느님은 창조하실 때 우리를 자유롭게 만드셨어요. 곧 개인적 삶에 영적 간섭을 할 수는 없습니다.

한번은 어떤 사람이 저에게 도발적으로 동성애를 인정하는지 물었어요. 저는 그에게 다른 질문을 함으로써 대답했지요. '말해보세요. 하느님께서 동성애자인 사람을 바라보실 때 애정을 가지고 그 사람의 존재를 인정할까요, 아니면 그 사람을 단죄하면서 물리치실까요?' 항상 사람을 고려할 필요가 있습니다. 여기에서 우리는 인간의 신비 안으로 들어가는 거지요. 하느님은 사람들을 삶 안에서 동반하십니다. 우리는 사람들을 그들의 처지에서 출발하여 동반해야 합니다. 연민을 가지고 동반할 필요가 있지요. 이렇게 할 때 성령께서는 사제에게 가장 정확한 답을 하도록 영감을 주십니다.

이것은 또한 고백성사의 위대함이기도 합니다. 곧 사례를 하나하나 평가하고 하느님과 하느님의 은총을 찾는 어떤 사람을 위해 해야 할 최선의 것이 무엇인지 식별할 수 있다는 사실이지요. 고백실은 고문실이 아니고 주님께서 우리에게 할 수 있는 한 더 잘하라고 격려하시는 자비의 자리입니다. 결혼에 실패하고 그 와중에 낙태까지 한 체험을 지닌 어떤 여성의 상황도 저는 생각합니다. 그 후에 이 여성은 재혼하여 이제는 다섯 자녀를 두고 평온하게 잘 살고 있어요. 낙태가 엄청난 무게로 그 사람을 짓누르고 있고 진실하게 통회했습니다. 그리스도교 생활을 계속 해나가고 싶어 하겠지요. 이때 고백신부는 어떻게 합니까?

낙태, 동성 결혼, 피임 방법의 사용과 연관된 문제들만을 붙들고 있을 수는 없습니다. 그럴 수는 없어요. 저는 이런 문제들에 대해 많이 말하지 않았지요. 그래서 비난을 받았어요. 그런데 그에 대해서 말할 때는 전후 사정의 맥락 안에서 말할 필요가 있습니다. 어쨌건 교회의 입장은 다 알려져 있고 저는 교회의 아들입니다. 하지만 이에 대해 계속해서 말할 필요는 없어요.

모든 가르침이 동등하지는 않습니다. 교의적 가르침도 그렇고 윤리적 가르침도 그렇지요. 선교사목은 끈질기게 부과해야 할 많은 교의적 가르침을 무작정 전달하는 일에 강박적으로 매달리지 않아요. 선교적 형태의 선포[78]는 본질에, 필수적인 것에 집중합니다. 본질이요 필수적인 것은 또한 사람들 안에 더 열정을 불러일으키고 그들을 끌어당기는 것이며, 엠마오로 가는 제자들에게 그러했듯이 마음을 타오르게 하는 것이기도 합니다. 그래서 우리는 새로운 균형을 찾아야 합니다. 그렇지 않으면 교회의 도덕적 체제는 종이로 만든 성곽처럼 무너지고, 복음의 신선함과 향기를 잃어버릴 위험이 있어요. 복음이 제안하는 내용이 더 단순하고 심오하고 밝게 빛날 필요가 있습니다. 그다음에 바로 이 제안에서 도덕적 결과가 나오는 것이지요.

이 말을 하는 것은 우리의 설교와 설교의 내용을 생각해서입니다. 훌륭한 강론, 참된 강론은 첫 선포에서 시작해야 해요. 곧 구원의 선포에서 시작해야 합니다. 이 선포보다 더 확고하고, 심오하고 확실한 것은 없어요. 그런 다음에 교리를 해야지요. 마지막으로 도덕적 결과도 끌어낼 수 있는 겁니다. 그러니까 하느님의 구원적 사랑에 대한 선포가 도덕적·종교적 의무에 앞섭니다. 오늘날에

---

78 역주. 선교의 형태 중에서 복음의 메시지를 직접적으로 알리는 방식을 말한다.

는 그 반대의 순서가 더 우세한 것처럼 보이는 경우가 종종 있어요. 강론은 목자가 자기 백성 가까이 머무는 것과 그 백성을 만나는 능력을 가늠하는 시금석입니다. 설교를 하는 사람은 자기 공동체 안 어디에서 하느님의 소망이 생생하게 드러나고 타오르는지를 찾기 위해 공동체의 심장부를 알아보아야 합니다. 그 자체만으로는 예수님의 가르침의 핵심을 드러내지 못하는—중요하긴 하지만—몇 가지 요소로 복음의 메시지가 축소될 수는 없어요."

182년만의 첫 수도자 교황……

프란치스코 교황은 182년 전인 1831년에 선출된 카말돌리 출신의 그레고리오 16세[79] 다음으로 수도회에서 나온 첫 교황이다. 그래서 이렇게 물었다. "오늘날 교회 안에

---

79 역주. 카말돌리 수도회는 1012년경 성 로무알도가 성 베네딕토의 규칙을 따라 이탈리아 카말돌리에 세운 은수생활 수도회로 그레고리오 16세는 1783년 카말돌리 수도회에 입회하였다. 그는 1831년 9월 9일 천주교 조선 교구를 독립된 교구로 승격시키고, 파리 외방전교회의 브뤼기에르 주교를 초대 주교로 임명한 교황이다.

서 남녀 수도자들의 특수한 자리는 무엇인지요?"

"수도자는 예언자입니다. 아버지께 대한 순종과 가난과 공동체 생활과 정결을 통해 예수의 삶을 본받으며 예수를 따르기를 선택한 사람들이지요. 이런 의미에서 서원은 어설픈 풍자만화에 그칠 수는 없습니다. 그렇게 되고 만다면 예를 들어 공동체 생활은 지옥이 되고 정결은 노총각들과 노처녀들이 살아가는 한 가지 방식이 되고 말지요. 정결 서원은 결실을 맺는 서원이어야 합니다. 교회 안에서 수도자들은 특별히 예수께서 지상에서 어떻게 사셨는지를 증언하고 하느님 나라가 완성될 때의 모습은 어떠할지를 선포하는 예언자가 되라고 부름받았습니다. 수도자가 예언을 포기해서는 결코 안 됩니다. 이는 교회의 교계적 부분에 맞서라는 의미가 아닙니다. 예언적 기능과 교계적 구조가 일치하지는 않지만 말입니다. 저는 지금 항상 긍정적인 하나의 제안에 대해서, 하지만 소심한 것이어서는 안 되는 하나의 제안에 대해서 말하고 있습니다. 성 안토니오 수도원장[80]부터 시작해서 수많은 위

---

80 역주. 251년 이집트에서 태어나 교회 역사에서 최초로 수도생활을 시작한 것으로 알려진 인물.

대한 성인 수도승들, 남녀 수도자들이 했던 일을 생각해 봅시다. 예언자라는 것은 때때로…… 어떻게 말해야 할지 잘 모르겠는데…… '소란'을 일으키는 것을 의미할 수도 있습니다. 예언은 시끄럽게 하고 소란을 피우지요. 누군가는 '카지노'라고 하더군요. 그런데 사실 예언의 은사는 누룩이 되는 것입니다. 곧 예언은 복음의 정신을 선포하는 것이에요."

로마 교황청 부서들, 시노드적 특성[81], 교회일치 운동

교계에 대한 그의 언급을 고려하면서 나는 그 점에 대해 교황에게 물었다. "교황청의 부서들에 대해서는 어떻게 생각하십니까?"

---

81 역주. 라틴어 '시노두스'sinodus(영어로 synod)는 세계의 주교 대표들이 모여 교황과 함께 교회의 일을 의논하는 회의로 '주교 대의원회의'라고 불리는데, 여기서 파생되어 '시노드적 특성'이라고 번역되는 단어는 어떤 조직의 최고권한자 한 사람에게 집중된 체제가 아닌 대표자들의 회의를 통해 이루어지는 운영방식을 가리킨다.

"교황청의 부서들은 교황과 주교들에게 봉사하기 위해 있습니다. 교황청의 부서들은 개별 교회[82]들과 주교회의들을 도와야 합니다. 그것들은 도움을 주기 위한 방편인데, 잘 이해하지 않으면 어떤 경우에는 오히려 검열기관이 될 위험이 있습니다. 정통성의 결핍에 대해 로마에 고발하는 것이 인상적인데요. 이런 사안들은 지역의 주교회의에서 연구되어야 한다고 믿습니다. 주교회의는 로마로부터 정당한 도움을 받을 수 있고요. 사실 사안들은 그 지역에서 더 잘 다룰 수 있습니다. 교황청의 부서들은 중재자이지 간섭자나 경영자들이 아닙니다."

나는 교황에게 2013년 6월 29일, 34명의 관구장 대주교들에게 팔리움pallium[83]을 축복하여 수여하는 예식을 거행하던 중, 일치된 교회를 "수위권首位權[84]의 봉사와 조화를 키워가도록" 이끌어가는 길로서 "시노드적 특성의

---

82 역주. 통상적으로 교구를 가리킨다.
83 역주. 가톨릭 교회에서 교황과 대주교가 그 직무와 권한을 상징하기 위해 전례복 위에 목과 어깨에 둘러 착용하는 폭 5cm 정도의 고리 모양의 양털 띠. 성녀 아녜스 축일에 교황에 의해 축성되는 어린 양들의 털로 만들어진다.
84 역주. 가톨릭 교회에서 교황이 베드로의 후계자로서 가진 최고권한을 가리키는 용어.

길"을 말했던 사실을 상기시켰다. 아무튼 내 질문은 이랬다. "베드로의 후계자가 가진 수위권과 시노드적 특성이 어떻게 융화될 수 있을까요? 교회일치 운동의 전망에서도 이를 실행할 수 있는 길은 어떤 것인지요?"

"함께 걸어가야 합니다. 일반 사람들, 주교들, 교황이 함께요. 시노드적 특성은 여러 차원에서 실천해야 하지요. 어쩌면 시노드의 방법론을 좀 바꿀 때가 된 건지도 모르겠습니다. 현행 방법론은 정적靜的인 것 같아서요. 그 방법을 바꾸는 것은 교회일치 운동을 위한 가치도 있을 겁니다. 특히 정교회의 우리 형제들과의 일치에서요. 그들에게서 우리는 주교단의 단체성[85]이 지닌 의미와 시노드적 특성의 전통에 대해 더 배워야 합니다. 초세기初世紀에는 교회를 어떻게 통치했는지를 보면서 공동의 성찰을 위한 노력을 해나간다면 적절한 시기에 결실을 볼 것입니다. 교회일치적(에큐메니컬) 관계 안에서 이는 중요합니다. 곧 자신을 더 잘 아는 것만이 아니라 성령께서 다른

---

85 역주. 각 주교가 자신의 관할 교구 안에서 가지는 고유한 위상 외에 세계의 모든 주교들이 교황을 머리로 하여 이루는 주교단으로서의 단체적 특성을 가리키는 말로 교회법적 용어로는 '합의체성'이라고도 한다.

사람들 안에 뿌려놓으신 것을 우리를 위해서도 주신 선물로 인정하는 것입니다. 2007년 합동위원회에 의해 베드로의 후계로서의 수위권을 어떻게 행사할 것인가에 대한 성찰이 시작되어 라벤나 문헌[86]에 서명하기에 이르렀는데 저는 이 성찰을 계속하고 싶어요. 계속해서 이 길로 나아갈 필요가 있습니다."

나는 교황이 교회일치 운동의 미래를 어떻게 보는지를 이해하고자 했다. 그의 대답은 이렇다. "우리는 다름 안에서 일치하여 걸어가야 합니다. 우리가 일치할 다른 길은 없어요. 이것이 예수의 길입니다."

교회 안에서의 여자의 역할은? 교황은 여러 기회에 여러 차례 이 주제에 대해서 언급했다. 어떤 인터뷰에서는 교회 안에서 여성의 존재가 그다지 부각되지도 않았다고 말했는데 남성우월주의의 유혹이 공동체 안에서 여성에게 마땅히 돌아가야 하는 역할을 가시화할 여지를 남기

---

86 역주. 로마 가톨릭 교회와 정교회 사이의 신학적 대화를 위해 구성된 국제 합동위원회가 2007년 10월 8~14일에 걸쳐 이탈리아 라벤나에서 개최한 제10차 총회에서 만장일치로 승인되어 10월 13일자로 반포된 문헌. 이에 따르면 수위성과 단체성 사이의 독립성은 모든 차원의 교회의 삶에서 특징이 된다.

지 않았기 때문이라는 것이었다. 교황은 리우데자네이루에서 돌아오는 여행 중에 이 문제를 다시 언급하면서 여성에 대한 깊이 있는 신학이 아직 이루어지지 않았다고 말했다. 그래서 나는 이렇게 물었다. "교회 안에서 여성의 역할은 무엇이어야 합니까? 오늘날 그 역할을 더 잘 드러내 보이기 위해서는 어떻게 해야 할까요?"

"교회 안에서 여성의 좀 더 뚜렷한 현존의 자리를 넓힐 필요가 있습니다. '치마를 입힌 남성우월주의'라는 해결책이 저는 두려워요. 사실 여자는 남자와는 다른 구조를 갖고 있습니다. 그런데 여성의 역할에 대해 들리는 말들은 많은 경우 남성우월주의 이데올로기에서 영감을 얻은 것들이지요. 여성들은 지금 심도 있는 문제들을 제기하고 있는데 이것들을 우리는 대면해야 합니다. 교회는 여성과 여성의 역할 없이 교회일 수 없습니다. 교회에 있어 여성은 떼놓을 수 없는 존재예요. 여성인 마리아는 주교들보다 더 중요합니다. 제가 이 말을 하는 이유는 기능을 존엄성과 혼동하지 말아야 하기 때문입니다. 결국 교회 안에서 여성이라는 존재에 대해 더 깊게 잘 연구할 필요가 있습니다. 여성에 대한 깊은 신학을 하기 위해 더 많은 작업을 해야 합니다. 이 과정을 이행함으로써만 교회의 내부에서 여성의 기능에 대해 더 잘 숙고할 수 있을 것입니다. 중요한 결정들을 내리는 자리에 여성적 재능이 필요합니다. 오늘날의 도전은 바로 이것입니다. 곧 교회의 여러 영역에서 권한을 행사하는 바로 그곳에도 있어야 할 여성의 특수한 자리에 대해 숙고하는 것입니다."

제2차 바티칸 공의회

"제2차 바티칸 공의회는 무엇을 이루었습니까? 어떤 일이 있었지요?" 나는 길고 잘 짜인 답변을 예상하면서 그가 전에 했던 말들에 비추어 이렇게 물었다. 그런데 나는 교황이 공의회의 중요성을 강조하기 위해서인 것처럼 공의회에 대해 너무 많이 길게 말할 필요조차 없이 단순하게 논의의 여지가 아예 없는 사실로 간주한다는 인상을 받았다.

"제2차 바티칸 공의회는 동시대의 문화에 비추어 복음을 다시 읽어낸 것이었습니다. 그저 복음 자체에서 나오는 쇄신 운동을 낳았지요. 그 결실은 엄청납니다. 전례典禮를 기억하는 것으로 충분합니다. 전례개혁의 작업은 구체적인 역사적 상황에서 출발하여 복음을 다시 읽어낸 것으로서 백성을 위한 봉사였지요. 물론 연속성과 불연속성에 대한 해석학적 방향들이 있지만 그래도 한 가지는 분명합니다. 그리고 또 '베투스 오르도'Vetus Ordo[87]에 따른 전례와 같은 특정 문제들도 있지요. 나는 베네딕토 교황의 선택[88]이 신중했다고 생각해요. 그 선택은 이 특별한 감수성을 가진 일부 사람들을 위한 도움으로 연결되지요. 하지만 그 '베투스 오르도'를 이데올로기화할 위험, 도구화할 위험은 염려스러운 것으로 봅니다."

---

87 역주. 제2차 바티칸 공의회에서 이루어진 전례개혁 전의 전례 예식서.

88 역주. 베네딕토 16세가 2007년 7월 7일 자의교서 「교황들」Summorum Pontificum을 통해 트리덴티노 공의회에 따른 전통 라틴 미사를 더 폭넓게 허용한 일.

교회는 야전병원

베드로의 후계자로서의 직무 첫 순간부터 교황 프란치스코는 "주님의 빛 속에"(이사 2,5) 걸어가는 하느님 백성의 표상을 교회의 표상으로 제안했다. 교황직에 선출된 직후에 그가 했던 말을 생각하는 것으로 충분할 것이다. "이제 주교와 백성이 함께 이 여정을 시작합니다." 하고 말하고 자신을 위한 기도를 청하면서 계속해서 말했다. "이제 여러분에게 강복을 드리겠습니다. 하지만 먼저, 여러분에게 부탁을 하겠습니다. 주교가 여러분에게 강복을 하기 전에, 여러분이 주님께 저를 축복해주시라고 기도해주십시오. 자기네 주교를 위한 축복을 청하는 백성의 기도입니다." 이와 같은 기도의 요청으로 교황은 원래는 그 순간 강복을 받으려고 고개를 숙였을 사람들을 "능동적 행위자"요 주인공들로 만들었다. 교황은 그렇게 행동하면서 자기 앞에 있는 사람들을 능동적 행위자로 만들기를 좋아한다. 혹은 적어도 그들을 행동으로 초대하기를 좋아한다. 실제로 교황 프란치스코는 "소통하기"

보다는 "소통의 이벤트"를 창조하는데 그의 메시지를 받는 사람은 여기에 능동적으로 참여한다. "하느님은 백성의 이러한 역동성 안으로 들어오신다." 베르골리오에게 있어 교회는, 그에게 영감을 준 드 뤼박에게 그러하듯이, 불가시적이고 소수의 선택된 자들로 제한된 사회라는 개념과는 아무 관계가 없다.

3월 14일 식스틴 경당에서 선거인단 추기경들과 함께 드린 '교회를 위한' 미사 중에 명백해진 교회의 생생한 역동적 움직임은 "걷기, 건설하기, 고백하기"이다. 로욜라의 성 이냐시오가 "영신 수련"이 무엇인지를 이해시키기 위해 바로 걷기라는 "신체 수련"을 언급하는 것을 기억하는 것이 좋겠다(『영신 수련』 1). "영적이고 선교적인" 길을 걸으면서 교회는 "주님 자신인 모퉁잇돌" 위에 자신을 "건설하도록" 부름받았다. 그분께 대한 신앙을 고백하면서.

교황이 사랑하고 가깝게 느끼는 거룩함은 하루하루 살아감에 있어서의 많은 인내와 항구함을 표현하는 "평균적"인 보통의 거룩함이다. 이 거룩함의 아이콘들은 자신의 할머니 로사, 자신의 생명을 구한 간호사 수녀, 지난날의 봉사의 삶을 뒤돌아보는 나이 든 신부이다. 이 "거룩함의 중류층"은 결코 별 볼일 없는 것이 아니라 반대로 풍요로운 생산능력이 있는 바로 그런 거룩함이다. 교황에게 있어 다산성多産性은 살 만한 가치가 있는 삶의 특징적 면모이다. 그런데 교회에 있어 이 "다산성"은 무엇을 의미하는가?

교황의 말에서 하나의 답이 떠오른다. 곧 예수가 엠마오의 제자들에게 했던 것처럼─"바로 예수님께서 가까이 가시어 그들과 함께 걸으셨다."(루카 24,15)─각 사람에게 가까이 다가가고 그의 곁에서 함께 걸어가는 능력을 가진 교회의 초상이다. 하지만 분명하게 드러났듯이 인간을 동반한다는 것은 세상의 정신에 적응하는 것을 의미하는 것이 결코 아니다. 베르골리오는 윤리적 세속성에 앞서는 "영적 세속성"을 강력히 경고한다.

개인주의와 상대주의 및 세속주의의 함정을 그는 보는 것이다. 동반한다는 것은 적응하는 것을 뜻하지도 않고 양보하는 것을 뜻하지도 않으며, '지원'하는 것을 뜻한다. 교황 프란치스코의 교황직은 대단히 "극적"이다. 베르골리오가 현실을 읽는 방식은 세속성을 거슬러, 그의 말에서 자주 등장하는 악령을 거슬러 싸우는 투쟁의 방식이다. 바로 악령을 언급하는 것이 사람들에게 악령의 지배를 받을 수 없게 한다. 악과 죄와 유혹은 아주 분명하다.

프란치스코의 교회는 하느님에게 꾸준한 주의를 기울이면서 눈을 뜨고 식별을 살아가는 교회, 현실주의로 사건들을 읽어낼 수 있고 주변의 상황에 주의를 기울일 수 있는 교회이다. 식별은, 이냐시오 전통에 따르면, "위로"의 인도를 받아야 하는데, 이 위로는 로욜라의 이냐시오에 의하면 "영혼을 불타오르게 하고"(『영신 수련』 316) 마음을 뜨겁게 하는 것이다. 그래서 베르골리오의 호소는 이렇다. "우리는 아직 마음을 뜨겁게 할 수 있는 교회인가? 예루살렘으로 인도할 수 있는 교회인가? 집으로 데려갈 수 있는 교회인가?" 멀리 있는 것, 차가움, 딱딱함을 거슬러 가는 함께 있기, 경청, 뜨거움, 결국 "다시 뜨거움을 가져다주고 마음에 불을 지피는 교회가 필요하다."[89] 이것이 세상에 생명을 줄 수 있는 풍요다산의 교회이다.

---

89 2013년 7월 27일 토요일 리우데자네이루 대주교관에서 이루어진 브라질 주교단과의 만남 중에 있었던 교황 프란치스코의 연설.

✤✤✤

교회가 인간에게 보여주어야 할 가까움[90]은 구체적으로 교황의 태도에서 나타난다. 곧 그에게 편지를 보낸 사람들에게 거는 "흔치 않은" 전화에서, 2013년 7월 말 세계 청소년 대회를 위해 브라질을 여행할 때 그러했던 것처럼, 그의 경호를 담당한 사람들에게는 절망적이게도, 사람들 사이에 있기로 하는 선택에서 나타난다. 교황 자신이 기자들에게 그에 대해 말했다.

"이곳에서도 안전, 저곳에서도 안전, 리우데자네이루 전체에서 이 시기에 사고는 없었어요. 모든 것이 자연스러웠지요. 방탄차 없이 좀 덜 안전하게 저는 사람들과 함께 있을 수 있었고 그들을 껴안을 수 있었으며 그들에게 인사할 수 있었어요…… 백성을 믿는 안전이지요. 언제나 미친 사람이 있을 위험이 있는 건 사실이지요…… 음, 그래요, 뭔 짓을 저지르는 미친 사람이 있기도 하겠

---

90 역주. 프란치스코 교황이 교회와 신자들에게 강조하는 것 중 하나로 '가까이 있기' '가까이 머물기'라고도 번역할 수 있지만 교황은 문자 그대로 '가까움'을 즐겨 쓴다.

죠. 하지만 주님도 계셔요! 주교와 백성 사이에 무장한 공간을 둔다는 것은 미친 짓입니다. 제가 선호하는 미친 짓은 밖으로 나가는 것입니다.[91] 가까이 있다는 것은 모두에게 좋은 일입니다."[92]

전에 있었던 브라질 방송국 레데 글로보Rede Globo의 제르송 카마로티Gerson Camarotti와의 인터뷰에서 교황은 안전에 대한 질문에 답하면서 자신의 동기에 대해 더 분명하게 말했었다.

"당신이 무척 좋아하는 사람, 친구들을 만나 이야기하러 가는데 유리 상자 안에 들어앉아 그들을 찾아갑니까? 아닙니다. 저는 그토록 커다란 마음을 가진 이 백성을 유리 상자 뒤에 앉아 보러 올 수는 없었어요. 차를 타고 길을 갈 때는 저는 손을 뻗어 인사하려고 창문을 내리지요. 달리 말하면 전부이거나 아무것도 아니거나예요. 그러니까 인간적인 소통을 하면서 제대로 여행을 하거나 아니

---

91 역주. 교황은 처음부터 교회와 신자들에게 자기 밖으로 나가서 사람들에게로 가라고 강조한다. 무모하고 미친 짓으로 보이더라도 그것이 문을 닫고 죽어가는 것보다 낫다고 역설해온 것과 상통하는 말이다.

92 2013년 7월 28일 리우데자네이루에서 돌아오는 비행기 여행 중 교황 프란치스코의 기자회견.

면 아예 여행을 하지 말거나인 거예요. 절반의 소통은 좋지 않습니다." 그러고는 이렇게 마무리했다. "저는 사람들을 방문하러 옵니다. 사람들을 사람들로 대하고 싶어요, 그들을 만지고 싶어요."[93]

같은 인터뷰에서 교황은 이 풍요다산의 태도, 물리적 장애물이 없는 태도의 뿌리를 교회의 모성母性에 둔다.

"교회가 가까이 머무는 것이 저에게는 근본적입니다. 교회는 어머니이죠. 교회도 저도 '통신에 의한' 엄마라는 것은 알지 못합니다. 엄마는 정을 주고 만지고 뽀뽀하고 사랑하는 거예요. 교회가 수많은 일에 바빠서 가까이 있기를 소홀히 하고, 그것을 잊어버리고 문서들을 통해서만 연락한다면 편지로 자식과 연락하는 엄마와도 같지요."

전에 베르골리오 추기경 시절에도 그는 여러 번 "교회의 모성적 따뜻함"에 대해 말했었다.[94] 이 따뜻함은 신체

---

93 이 인터뷰 비디오는 사이트 g1.globo.com에 있다. 내용은 로세르바토레 로마노에 의해 이탈리아어로 번역되었고 일간 로세르바토레 로마노 사이트 www.osservatoreromano.va 에서 읽을 수 있다.

94 호르헤 마리오 베르골리오, 『그분께는 오직 희망만이. 스페인 주교들의 피정』In Lui solo la speranza. Esecizi spirituali ai vescovi spagnoli(2006년 1월 15~22일), Jaca Book-Libreria Editrice Vaticana, Milano-Città del Vaticano 2013, p. 56 참조.

적으로도 표현되어야 한다. 이는 베르골리오에게 있어
육화肉化의 논리이다. 결국 교황의 몸짓을 단순한 순수성,
호인好人기질, 지나친 단순성, 순진함의 표현으로 오해하
는 사람은 실제로 현재 발생하고 있는 실제를, 그 깊은
의미를 이해하지 못한 것이다.

그가 사람들에게, 특히 어려움 중에 있는 사람들, 가난
한 사람들, 소외된 사람들에게 가까이 있어야 한다고 느
끼는 필요성은 여러 차례 나타났다. 람페두사[95] 방문, 사
르데냐의 칼리아리[96] 방문에서나 브라질에서, 대단히 상
징적인 몇몇 장소들에서 그가 강조한 것들을 기억해보
자. 리우데자네이루의 유명한 빈민가 바르지나에서 교황
은 가까이 있으려는 소망을 이렇게 표현했다.

"여기 여러분과 함께 있을 수 있다니 멋진 일이네요!

---

95 역주. 2013년 7월 8일 교황 프란치스코가 최초의 이탈리아 사목 방문지
로 택한 람페두사 섬은 지중해의 몰타와 튀니지 사이에 위치하며 행정구
역으로는 시칠리아에 속하는데, 주민들은 대규모 난민문제에 시달리는
한편 수백 명의 사망자를 내는 난민 선박 침몰사고와 인권문제가 교황의
방문으로 세계의 주목을 받았다.
96 역주. 지중해에서 시칠리아 다음으로 큰 섬인 사르데냐의 중심도시로
교황 프란치스코는 2013년 9월 22일 두 번째 사목 방문을 한 이곳에서
주로 노동과 노동자들에 대해 말했다.

근사해요! 브라질 여행을 계획할 때 처음부터 제 소망은 이 나라의 모든 지역을 다 방문할 수 있었으면 하는 것이었지요. 집집마다 문을 두드리며 '안녕하세요.' 하고 싶었고, 물 한 잔을 청하고 카페징요[97]를—그라파[98] 한 잔이 아니고요!—마시며 집안 친구들에게 하듯 이야기하고 싶었으며, 각자의 마음을, 부모들과 자녀들과 조부모들의 마음을 듣고 싶었지요…… 하지만 브라질은 무척 크지요! 그래서 모든 집의 문을 두드리는 것은 불가능하네요! 그래서 저는 여기에 오기로, 여러분의 공동체를 방문하기로 한 것입니다. 오늘 브라질의 모든 지역을 대표하는 이 공동체를요. 사랑과 관대함과 기쁨으로 환영받는 것이 얼마나 좋은지요!"[99] 복음의 기쁨은 바로 이것이다.

나 프로비덴시아na Providência에 있는 아시시의 성 프란치스코 병원을 방문했을 때는 교황과 마약중독 전과자들 사이의 아주 열렬한 포옹을 모두가 보았다. 거기서 그는

---

97 역주. 아주 진한 브라질의 대표적 커피.

98 역주. 과일주를 거르지 않고 술과 과육을 함께 증류한 40도 이상의 독한 술.

99 2013년 7월 25일 목요일 교황 프란치스코가 브라질 리우데자네이루의 바르지나(망귀노스) 공동체 방문 중에 한 연설.

이렇게 외쳤다.

"끌어안기, 끌어안기. 우리 모두는 성 프란치스코가 했던 것처럼 궁핍한 사람들을 끌어안는 법을 배울 필요가 있어요."[100]

마음의 문을 두드리기 위해서는 그러니까 "맨"손을 가질 필요가 있으며, 여과기 없이 살을 만질 필요가 있는 것이다. 이 신체적 차원은 교황 프란치스코에게 부차적인 것, 순전히 '스타일' 문제인 것이 아니고, 육화의 강력한 메시지를 전달하는 소통의 한 부분이다.

이 소통능력의 패러다임은 착한 사마리아 사람의 비유(루카 10.29-35)이며, "사마리아인 교회"에 대한 언급은 이미 2007년 브라질 아파레시다에서 열린 제5차 라틴아메리카 주교회의에서 나온 기본적인 문헌인 아파레시다 문헌에 나타나는데, 그 회의에서 당시의 베르골리오 추기경은 중심적 역할을 했었다. 그 문헌에서 교회는 위로와 기쁨의 매체요 주님과의 직접적 만남의 수단으로 소개된다.

"그리스도 안에서의 삶이 포함하는 것은 함께 먹는 기

---

100 2013년 7월 24일 수요일 교황 프란치스코가 브라질 리우데자네이루의 나 프로비덴시아에 있는 아시시의 성 프란치스코 병원 방문 중에 한 연설.

쁨, 더 나아지려는 열정, 일하고 배우는 즐거움, 궁핍한
사람에게 봉사하는 만족, 자연과의 접촉, 공동체적 계획
에 대한 열정, 복음의 표지 안에서 살아가는 성性의 즐거
움, 그리고 성부께서 당신의 진실한 사랑의 표지로 우리
에게 주시는 다른 모든 것들이다. 우리는 우리의 유한한
존재가 누리는 기쁨을 멋진 수단으로 하여 주님을 만날
수 있으며, 이는 우리 마음 안에 진실한 감사가 생겨나게
한다."

　인간이 이 삶을 행복하고 온전하고 충만하게, "넘치는
생명"을 살 수 있도록 "사마리아인 교회"의 자비는 버려
졌거나 배척당한, 혹은 그렇게 느끼는 사람의 상처를 보
살피고자 한다(356항).

　하지만 "사마리아인 교회"의 깊은 뿌리는 프란치스코
가 무척 사랑하는 바오로 6세가 제2차 바티칸 공의회의
마지막 회기에 행한 훈화訓話에 있는데 그는 이렇게 말했
었다.

　"사마리아 사람에 대한 오래된 이야기는 공의회의 영
성의 이론적 틀이었습니다. 엄청난 공감이 공의회 전체
에 충만하게 스며들어갔습니다. 인간들의 필요에 대한
발견(그 필요가 크면 클수록 더 땅의 아들이 되는 것이지요)이 우리 회의

의 관심을 차지했습니다."

교황 프란치스코가 말 마디마다 밑줄을 그어가며 강조할 만한 말들이다.

❋❋❋

교황 프란치스코와 나의 대담의 핵심에서 떠오르는 한 가지 표상은 "전투 후의 야전병원"으로서의 교회이다. 이는 몹시 강력한 표상으로 세상이 사상자들을 내는 전쟁과 같은 상황을 살고 있다는 것을 드라마틱한 인식을 포함하기도 한다. 2013년 10월 22일 산타 마르타에서 드린 아침미사 강론에서 교황 프란치스코는 다음의 비유를 심화했다.

"저에게는 떠오르는 표상이 간호사의 표상이에요, 병원에 있는 간호사. 간호사는 한 사람 한 사람에게 상처를 치료해주는데 손으로 치료하지요. 하느님은 우리의 불행 안으로 들어오시고 끼어드시며, 우리의 상처에 다가오시어 당신 손으로 우리의 그 상처를 치료해주십니다. 그분은 손을 가지기 위해서 사람이 되신 거죠. 예수님이 하시는 일이에요, 직접 하시는 일. 어떤 사람이 죄를 지어요.

그럼 그 사람은 그 죄를 치유받으러 옵니다. 그냥 가까이 있는 거예요. 하느님은 무슨 교령을, 법을 통해서만 우리를 구원하시는 것이 아닙니다. 부드러운 다정함으로 우리를 구원하시고 어루만짐으로 우리를 구원하시며, 당신 생명으로 우리를 구원하십니다. 우리를 위해서요."

인간 처지의 나약함은 구원의 메시지가 누구를 향하는가를 우선적으로 고려해야 하는 사명 수행의 출발점이 된다. 교회 앞에 구원을 필요로 하는 상처 입은 사람이 있다면 교회는 콜레스테롤이나 혈당을 재겠다고 나설 수도 없고, 그래서도 안 되며, 그의 생명을 먼저 구해야 한다. 달리 말해 구원의 메시지를 선포해야 하는 것이다. 이 메시지는 "작은 계율들"로 축소될 수 없다. 여기서 교황은 언젠가 제기되었던 가설처럼 교회의 도덕적 가르침들에 거리를 두고 있는 것이 아니다. 필수불가결한 것을 그다음에 오는 것으로부터 구별하고 있는 것이다. 필수불가결한 것은 쉽게 이해할 수 있어야 한다. 교회가 선포하는 메시지가 그 메시지의 핵심을 온전히 드러내지 못하는 어떤 요소들과 동일시될 때 문제가 생긴다. 요컨대 교황은 교회의 도덕적 가르침을 그 가르침에 의미를 부여하는 전후 맥락 안에 놓도록 권고하는 것이다. 이는 사

목적 차원과 영적 차원 모두에서 교회의 선교적 회심의
한 단계에 해당된다. 아니 베르골리오에게 있어서는 교
회의 활동 전체를 선교적 관점 안에 두어야 한다. 베르골
리오에게 있어 교회는 자신에 대해 말하기 위해 존재하
는 것도 아니고 자신에게 말하기 위해 존재하는 것도 아
니며, 예수 그리스도의 하느님을 선포하기 위해, 그분에
대해 세상에, 세상과 함께 말하기 위해 존재한다.

특히 복음에 봉사하는 직무자는 무엇보다도 "씻어주
고 정화淨化하고 들어 올려주는" 자비의 직무자여야 한
다. 하지만 이 구조와 구원의 활동은 "상처 입은 사람"
을, 반응할 능력이 전혀 없는 자로, 결국 그저 죽어가는
자로 간주하지 않는다는 것을 정확히 해둘 필요가 있다.
베르골리오가 의료계에서 끌어오는 표상은 주의해서 발
전시켜야 할 것이다. 교황에게 있어서는 "환자의 건강한
부분에서 출발함으로써만 그 환자를 치료할 수 있다."[101]
이는 긍정적인 것에서 출발한다는 의미이다. 아직 쓸 수
있는 자원에서, 은총을 향한 아직 부식되지 않은 개방성

---

101 호르헤 마리오 베르골리오, 『인간의 마음속에는. 유토피아와 임무』*Nel
cuore dell'uomo. Utopia e impegno*, Bompiani, Milano 2013, p. 54.

에서, 치료해볼 방법이 없도록 침식되어버리지는 않은 건강함에서 출발한다는 뜻이다.

교황 프란치스코의 삶에서 한 가지 사건은 항상 나로 하여금 묵상하게 만드는데, 나는 그 사건을 항상 그가 자주 표현하는 이 "치료"의 태도에—의학적 의미에서도—연결시켜왔다. 그것은 베르골리오가 신학교에 입학하기 전에 폐가 감염되어 심하게 앓았는데 스물한 살에 죽음의 위험을 겪었다는 사실이다. 열이 몹시 높던 순간에 그는 엄마를 끌어안으며 말했다. "저에게 무슨 일이 일어나고 있는지 말해주세요!"[102] 그는 폐렴에다 낭포가 세 개 있는 것으로 진단을 받았다. 그래서 그의 오른쪽 폐 윗부분이 제거되었다. 폐에 생기는 액체를 뽑아내는 방법 때문에 회복기는 힘든 시기였다. 젊은이에게 호흡 부족이, 즉각적인 처치와 완화를 필요로 하는 상황이 무엇을 의미했을지 짐작이 된다. 나는 이것이 교황 프란치스코의 크고도 깊은 인간적·영적 감수성에 어떤 방식으론가 영향을 미쳤다고 믿는다.

---

102 A. Tornielli, 『함께 하는 프란치스코』*Francesco insieme*, Piemme, Milano 2013, p. 86.

우리의 대담 중 교황 프란치스코가 감동적인 방식으로 제기한 질문은 "우리는 하느님 백성을 어떻게 대하고 있는가?" 하는 것이었다. 이는 중심적인 질문으로서 교회의 구조를 걱정하기 전에—그것도 중요하지만—어쩌면 그가 매일 던지는 질문일 것이다. 또한 "대하다"라는 동사도 아마 "야전병원"의 맥락 안에서 "돌봄"의 의미로 읽어야 할 것이다.

❖ ❖ ❖

베르골리오가 마음에 두고 있는 교회는 무엇보다도 생명을 낳고 동반하면서 사람들의 구체적인 실존적 상황에서 출발하여 그들에 대한 책임을 맡는 "어머니요 목자"인 교회이다.

교황은 나에게 "항상 사람을 고려해야 합니다." 하고 말했다. "여기에서 우리는 인간의 신비 안으로 들어갑니다." 양심의 영역은 인간과 하느님 사이의 만남이 이루어지는 자리이기 때문에 신성한 영역이다. 베르골리오에게 있어서 선교는 각 인간 존재 안에서 이루어지는 하느님의 활동에 철저하게 개방하는 것으로 특징지어진다.

특히 우리 시대와 같은 위기의 시대에는 교회에 속한다
는 것은 각자가 살아가는 빛의 상황이나 어둠의 상황에
서 출발하여 이루어지는 깊은 관계 안에서 성장하는 과
정이다.

그 밖에, 용서받고 선택된 죄인들로 이루어진 교회, 사
마리아인 교회, 끝까지 자비로운 교회에 대한 이러한 견
해의 뿌리는 다른 무엇보다도 또다시 프란치스코가 오
래전에 받은 양성에서 찾아야 한다. 이 양성은 하느님께
서 '개별적으로' 소통하시는 '개개의' 사람에 대한 하느
님의 뜻을 찾는 이냐시오 전통과 연결되어 있다. 이는 로
욜라의 성 이냐시오의 『영신 수련』의 관점으로, 그는 자
신의 삶에 대한 하느님의 뜻에 열려 있고자 하는 '사람'
을 항상 중심에 둔다. 교황이 스스로 "양심의 간섭"이라
고 부르는 것을 부정할 때는 정확히 다음과 같은 것을 의
미한다. 곧 교회는 자유롭게 자신의 생각을 표현해야 하
되, 동시에 존중되어야 할 개인적 자유와 대화를 해야 하
는데, 바로 그리스도교의 진리는 자유와 대화하기 때문
이다.

2013년 9월 11일자 『라 레푸블리카』La Repubblica [103]에 실
린 에우제니오 스칼파리에게 보낸 편지에서 교황은 이렇

게 쓴다. "저는 믿는 사람에게라도 '절대적' 진리에 대해서 말하지는 않고자 합니다. 절대적인 것은 끈이 풀려 있는 것이고 모든 관계에서 벗어난 것이라는 의미에서이지요. 이제 진리란 그리스도교 전통에 따르면 예수 그리스도 안에 들어 있는, 우리를 위한 하느님의 사랑입니다. 결국 진리란 관계인 것이지요! 우리 각자도 그것을, 진리를 포착하여 자신에게서 출발하여, 자신의 역사와 문화, 자신이 살아가는 상황 등에서 출발하여 표현하는 것 또한 마찬가지로 사실입니다. 이는 진리가 다양하고 주관적이라는 의미는 결단코 아닙니다. 진리는 항상, 그리고 하나의 여정이요 하나의 삶으로서만 우리에게 자신을 내준다는 것을 의미합니다."

이 말을 잘 이해할 필요가 있다. 사실 개별 그리스도인이 순응해야 하는 논의의 여지가 없는 개관적 규범을 주장하기보다 교황 프란치스코의 관점은 신앙인이 현재 살아가는 상황의 고유성 안에서, 역사적 순간의 생생함과 교회라고 하는 신앙인들의 공동체 안에서 삶을 통해서

---

103 역주. 중도좌파의 정치성향을 지닌 이탈리아 일간지로 1976년에 에우제니오 스칼파리Eugenio Scalfari의 주도로 창간되었다.

신앙인에게 말씀하시는 성령에게 열려 있는 쪽을 선호하는 것이다.

하느님의 진리는 "다함이 없으며, 바닷가 둑이 보일락 말락 하는 대양大洋이다. 이 시대에 우리가 발견하기 시작하는 무엇이다. '우리의 진리에 대한 거의 편집병적인 방어'의 노예가 되지 말자.(내가 그 진리를 '갖고 있고' 그 사람은 '갖고 있지' 못하다면, 그가 그 진리를 '가질 수 있다'면 그것은 내가 그 진리를 '가질 수 없음'을 의미한다.) '진리는 널리 존재하는 선물'이며, 바로 그래서 '우리를 넓혀주고 우리를 확장해주며 우리를 들어 올려준다.' 그리고 우리를 그 선물에 봉사하도록 한다."[104] 베르골리오는 이 진리의 "아름다움"과 "폭발성"[105]에 대해서 말한다. 하느님의 진리를 향해 교육하는 것은 결국 참으로 중대한 과제인 것이다. 베르골리오는 여러 해 전 그리스도교 학교에 대해 말하면서 이를 강조했는데, 그리스도교 학교들은 "모든 답을 다 알게 될 그리스도인들의 패권적 군대를 양성하도록 부름받은 것이 아니고, 모든 질문이 받아들여지는 자리여야 하며 복음의 빛

---

104 호르헤 마리오 베르골리오, 『생명을 선택하기』*Scegliere la vita*, p. 78.
105 같은 책, p. 80.

에 비추어 개인적 연구를 독려하며, 비교적 약해서 얼마 안 가서 무너지는 말의 벽으로 그 연구를 중단시키지 않는 곳이다."[106]

❖❖❖

베르골리오가 우리의 대담에서 나중에 말하겠지만 하느님이 "어디에서 어떻게 당신을 찾아오실지 당신은 모른다. 그분과 만날 시간과 장소를 정하는 쪽은 당신이 아니다." 이 맥락에서 도덕적 메시지를 포함해서 교회의 메시지는, 사목적 염려를 떠난, 곧 그 메시지가 향하는 사람들의 선익善益을 떠난 추상적인 것이 결코 아니다. 그러니까 그것은 항상 "상대적인" 것이다.

인터뷰에서 교황은 명시적으로 이렇게 말했다.

"낙태, 동성 결혼, 피임 방법의 사용과 연관된 문제들에 대해서만 고집할 수는 없습니다."

동성인 사람들 사이의 혼인이라는 주제에 대해 "교회는 이미 분명한 입장을 가지고 있다."라고 교황은 말했

---

106 같은 책, p. 76.

지만, 이것은 우리가 복음의 선포에서, 혹은 주님과의 만남의 길에서 어떤 한계 앞에 있다는 것을 의미하지 않는다. 리우데자네이루에서 돌아오는 항공기 안에서 교황이 "만약 어떤 사람이 동성애자(게이)인데 주님을 찾으며 선의를 가지고 있다면 제가 누구라고 그 사람을 심판하겠습니까?" 하고 말할 때 그는 문제를 대면하는 다른 방식을 제안한 것이다. 그것은 길을 함께 가는 것과 더 연결된, 하느님과 인간 사이의 만남에 더 연결된 방식이다. 인터뷰에서 더 나중에 이야기하겠지만 "결국 만남을 식별할 필요가 있다." 이는 중요한 점이다. 하느님의 '현존'만 식별할 것이 아니라 그분과의 '만남'도 역시 어디에서 어떻게 이루어지는지 식별할 필요가 있는 것이다. 문제의 초점은 바로 어떤 사람이 추구하는 하느님과의 관계이다. 결국 금기禁忌는 없다. 동성애도 금기여서는 안 되고 금기일 수도 없으며, 교회가 복음을 선포하라고 부름받은 변방인 것이다.

베르골리오가 최고로 관심을 두는 것은 '케리그마' kerygma, 곧 그리스도교 메시지의 선포이다. 반면 나에게 말한 바로는 "끈질기게 부과해야 할 많은 교의적 가르침을 무작정 전달하는 일에 강박적으로 매달리는" 사목을 두려워한다. 설교할 때 "성性 윤리에 대해서, 그리고 성에 관련된 모든 것에 대해서 말하기를 선호한다."라는 사실을 그는 전에 탄식한 바 있다.

"이건 할 수 있고 저건 할 수 없습니다. 이건 잘못된 거고 저건 그렇지 않아요. 그러다 보면 결국에는 살아계신 예수라는 보화를, 우리 마음 안에 현존하시는 성령이라는 보화를 잊어버리게 되지요. 단순한 성적性的 문제들을 아득히 넘어서는 수많은 것들을 포함하는 그리스도교적 삶의 계획이라는 보화를 잊어버리게 된다고요. 신앙의 신비, 신경信經을 가진 지극히 풍요로운 교리를 소홀히 하고, 종국에는 콘돔 사용을 지지하는 법률에 반대하는 시위에 참여할 것인가 말 것인가 하는 문제에 집중하고 마는 거죠."[107]

교황 프란치스코가 두려워하는 것은 우선적인 것들을 놓치는 것과 "케리그마의 아름다움이 위협적인 성윤리 정도로 평가절하되는 것"[108]이다. 그러니까 문제는, 그가

---

107 호르헤 마리오 베르골리오, 『교황 프란치스코. 새 교황이 자신에 대해 말하다』*Papa Francesco. Il nuovo Papa si racconta*, p. 85.
108 같은 책, p. 87.

인터뷰에서 말했듯이, "교회의 도덕적 체제는 종이로 만든 성곽처럼 무너질 위험이 있다."라는 것이다. 베르골리오는 "붕괴"의 염려를 분명하게 염두에 두고 있다. 그는 교황 선출 다음날 식스틴 경당에서 추기경들과 함께 드린 미사의 간략한 강론에서 다음과 같은 말로 이미 이에 대해 말했었다. "아이들이 해변에서 모래성을 만들 때와 같은 일이 벌어집니다. 곧 모든 것이 주저앉습니다. 견고하지 않아요." 전에는 "시간이 얼마 지나지 않아 무너져버리는 다소 약한 담"[109]에 대해 말하기도 했었다. 이런 의미에서 예수께서 아시시의 프란치스코에게 하셨던 호소, "가서 나의 집을 고쳐라." 하신 말씀이 교황의 마음 안에 강하게 울려왔던 것이다. 그가 염려하는 것은 외부의 균열이 아니라 케리그마 선포에 견고함이 부족하다는 것이다.

✷✷✷

복음의 선포는 문을 열 것을 요구하기도 한다. 바로 교

---

[109] 호르헤 마리오 베르골리오, 『생명을 선택하기』*Scegliere la vita*, p. 76.

회의 사명이 가까이 있는 것이기 때문에 교황 프란치스코의 교회는 항상 문이 열려 있다. 사람들을 들어오게 하려고 열려 있고, 복음을 내부의 요새要塞 안에 가두는 일 없이 세상 안으로 나가게 하려고 열려 있는 것이다. 2013년 10월 17일 산타 마르타에서의 아침미사 강론에서 교황은 루카 복음(11,47-54)의 본문을 해설했는데, 이 구절은 예수께서 율법학자들에게 주시는 다음과 같은 경고를 담고 있다. "불행하여라, 너희 율법 교사들아! 너희가 지식의 열쇠를 치워버리고서, 너희 자신들도 들어가지 않고 또 들어가려는 이들도 막아버렸기 때문이다." 이 말씀에 그는 "닫힌 교회"의 표상을 연결시켰다. 문을 닫은 교회에서는 "그 앞을 지나가는 사람들이 들어갈 수가 없고 그 안에 계신 주님이 나오실 수도 없습니다." 여기에서 꾸지람을 듣는 것은 "열쇠를 손에 들고 가져가버리고 문을 열지 않는" 그 그리스도인들, 더 심하게는 "문 앞에 멈춰 서서 들어가지 못하게 하는" 그리스도인들이다. "열쇠는 주머니에 넣어두고 문은 닫혀 있는" 태도를 취하는 그리스도 안에는 교황에 따르면 신앙을 "증류기"를 통해 지나가게 하면서 "이데올로기(이념)"로 변화시켜버리는 "모든 영적·정신적 과정"이 들어 있다. 그런데 "이데올로기는 불러모으지를 못합니다. 이데올로기에는 예수님이 계시지 않아요. 예수님은 다정함이시고 사랑, 온유이신데 모든 의미의 이데올로기는 항상 딱딱합니다." 하고 그는 경고한다. 그렇게 해서 그리스도인을 "예수의 제자"라기보다는 "이러한 태도를 가진 사상의 제자"로 만들 위험이 있는 것이다.

물론 "이데올로기"를 "문화"와 동일시하는 것은 잘못된 것이고 순진한 일일 것이다. 토착화는 그리스도교의 메시지를 특정한 환경 안에 "육화"하는 과정에서 출발한다고 교황 프란치스코는 생각한다. 복음은 자신의 순수한 힘을 어떤 문화적·사회적 혹은 정치적 상황 안으로 한정하고자 하는 순간 이데올로기로 변하면서 안에서 화학적으로 변질된다. 복음은 그 자체의 해석학의 원천이어야 한다. 다른 모든 접근방식은 실제로 복음을 "섬기는"것이 아니라 복음을 "노예로 삼는"것이다.

그래서 "너희는 지식의 열쇠를 치워버렸다."라는 예수의 꾸지람은 아직도 정당하다. "수많은 법규로 문을 닫아버린" 율법학자들의 태도 자체에 의해 "예수를 아는 지식이 이데올로기적이고 도덕적인 지식으로 변형되었기" 때문이다. 이에 관해서 교황은 그리스도의 또 다른 경고를 상기시키는데, 마태오 복음 23장의 내용으로, "무겁고 힘겨운 짐을 묶어 다른 사람들 어깨에 올려놓는" 율법학자들과 바리사이파 사람들을 향한 경고가 그것이다. 사실 "신앙이 이데올로기적인 것이 되는" 과정이 촉발되는 것은 바로 이러한 태도 때문이다. "이데올로기는 우릴 놀라게 하지요! 이데올로기는 사람들을 쫓아 보내고 교회를 사람들에게서 멀어지게 합니다."

신앙의 해를 기해 부에노스아이레스 대교구에 보낸 편지에서 당시의 베르골리오 추기경은 "점점 커져가는 불안이 조금씩 문을 걸어 잠그게 하고 감시체제와 보안 카메라를 설치하게 하며, 문을 두드리는 낯선 사람을 믿지 못하게 했다."[110]라는 것을 크게 탄식했다. 닫힌 문은 베르골리오에게는 오늘날의 세상의 상징처럼 보인다. 삶의 스타일을 요약하고 현실과 다른 사람들과 미래를 대하는 방식을 요약하는 상징 말이다. 반대로, 열린 문의 표상은 "빛과 우정과 기쁨과 자유와 신뢰의 상징이었다. 우리에

---

110 호르헤 마리오 베르골리오, 『신앙의 문턱을 넘어서기: 신앙의 해를 맞아 부에노스아이레스 대교구에 보낸 편지』*Varcare la soglia della fede. Lettera all'Arcidiocesi di Buenos Aires per l'Anno della Fede*, Libreria Editrice Vaticana, Città del Vaticano 2013, p. 25.

게는 이 모든 것을 회복할 필요가 얼마나 큰지! 닫힌 문은 우리에게 해를 끼치고 위축시키며 갈라놓는다."[111] "열린 문"이라는 주제는 교황 프란치스코의 가르침에서 중심이 되는 주제로서 그는 경계선을 강화하는 일에 마음 쓰지 않고 만남을 추구하는 일에 마음 쓰는 교회를 원하는 것이다. 바로 이것이 교황 프란치스코와의 대화에서 내가 생생하게 보았던 그 철저하게 선교적인 영혼이다.

그러니까 문을 여는 것으로 충분한 것이 아니고, 위험을 무릅쓰고라도 거리로 나갈 필요가 있다. "저는 거리로 나갈 필요가 있고 사람들과 함께 있을 필요가 있어요." 그가 산타 마르타에 사는 것에 대해 우리가 말할 때 어느 한순간 그는 나에게 그렇게 말했다. 바로 이런 생각들이 콘클라베[112]에서 베르골리오와 함께했던 것을 우리는 기억한다. 그가 로마의 주교가 되어 나온 그 콘클라베에서 말이다. 추기경 총회에서 행한 그의 발언은 오르테

---

111 같은 책, p. 51.
112 역주. 직역하자면 '열쇠로'Conclave라는 뜻인데, 열쇠로 잠긴 방에서 이루어지는 교황선거 및 그 장소를 가리킨다. 교황 선거인 추기경단이 선거장소에 들어가면, 교황이 선출될 때까지 일체 외부와 단절되기 때문이다. 1274년 리옹 공의회에서 오늘날과 같은 콘클라베 제도가 도입되었는데, 통상적으로 바티칸의 식스틴 경당이 콘클라베 장소로 이용된다.

가 추기경에게 넘겨졌는데 (그가 본인의 사전 동의를 얻어 배포한) 그 발언의 핵심요지들 중에는 다음과 같은 것이 들어 있다. "단지 사람들을 맞이하고 받아들이는 교회로만 머물기보다는 자기 밖으로 나가서 교회에 다니지 않는 사람들, 교회를 모르는 사람들, 교회를 떠난 사람들과 무관심한 사람들을 향해 가는 교회가 되도록 합시다."[113]

브라질 여행 중 7월 27일 리우의 주교좌성당에서 주교들과 사제들과 수도자들과 신학생들을 위해 봉헌된 미사의 강론에서 교황은 그들에게 사목을 모임과 계획 짜기—언젠가 자신이 "독감 걸린 사람에게 주는 시럽"[114]이라고 규정했던—로 축소시킬 수는 없으며, 그리스도께 대한 충실성이 필요하고 보호받는 신앙의 자리로부터 철저하게 떠나는 것이 필요하다는 것을 강조했다. 젊은이들의 교육에 대해 말하면서 프란치스코는 한 대목에서 간절하게 이렇게 말했다. "선교에 있어서 그들을 밖으로 나가도록, 움직여 가도록, '신앙의 방랑자들'이 되도록

---

113 A. Tornielli, 『함께 하는 프란치스코』*Francesco insieme*.

114 2001년 4월 10일 부에노스아이레스에 있는 카르멘의 성모 성당에서 거행된 신앙의 증인들을 기념하는 기도 중에 한 강론.

교육해야 합니다. 예수님께서 제자들에게 그렇게 하셨습니다. 암탉이 병아리들을 품듯 제자들을 당신에게 붙들어 매어두지 않으시고 그들을 파견하셨습니다! 많은 사람이 복음을 기다리는데 우리는 본당 안에, 우리 공동체 안에나, 본당의 기관들 안에, 또는 교구의 기구들 안에 머물러 있어서는 안 됩니다! 파견되어 나가십시오. 단순히 문을 열어 찾아오는 이들을 맞이하는 것만이 아니라 사람들을 찾아가 만나기 위해 문을 나서는 것입니다! 젊은이들을 재촉하여 나가게 합시다. 물론 그들은 사고를 칠 것입니다. 두려워하지 마십시오. 사도들이 우리보다 먼저 그러했습니다. 그들을 재촉하여 나가게 합시다. 변두리에서 시작하여, 가장 멀리 있는 이들에게서 시작하여, 보통은 본당에 다니지 않는 사람들에게서 시작하여 사목적 결정들을 생각합시다. 그들이 VIP 손님들입니다. 그들을 찾아 거리의 교차로로 나갑시다."[115]

"실존적 변두리"라는 표현은 이제는 프란치스코 교황

---

115 2013년 7월 27일 토요일 리우데자네이루의 성 세바스티아노 주교좌 성당에서 제28차 세계 청년대회에 참석한 주교들, 사제들, 수도자들, 신학생들과 드린 미사 중 교황의 강론.

의 가장 잘 알려진 표현들 중 하나이다. 그 권고는 또한 그에게 있어서는 현실이 "중심에서보다는 변두리에서 더 잘"[116] 파악된다는 사실에서도 동기를 부여받는다. 변두리에 있는 것은 중앙집권주의와 이데올로기적 접근방식을 피하여 현실을 더 잘 보고 더 잘 이해하며 더 정확한 분석을 하는 데 도움이 된다. 그래서 그는 인터뷰 중에 한 말에서 무엇보다도 교회가 "사목 작업실" 안에 갇히지 않고 현실 안에 자리 잡고 살아가며 생각할 필요성을 대단히 명백하게 드러냈다.

✤✤✤

선교적 교회는 구원의 소식을, "마음을 뜨겁게 하는" 소식을 길거리에서 선포하는 교회이다. 그래서 루카 복음 마지막 장의 엠마오 제자들의 이야기(24.13-35)에 준거하는 것은 핵심적 의미를 지닌다. 이는 프란치스코 교황이 특별히 소중히 여기는 이야기여서 근래에 브라질 주

---

116 호르헤 마리오 베르골리오, 『인간의 마음속에는』*nel cuore dell'uomo*, p. 23.

교단을 만난 자리에서도 이를 묵상하도록 제안했었다. 두 제자는 자기들이 희망을 두었던 메시아의 실패에 좌절하여 예루살렘을 버리고 떠난다. 여기서 우리는 교회를 떠나는 사람들의 쉽지 않은 신비를 읽을 수 있다. 곧 교회가 이제는 더 이상 의미 있고 중요한 어떤 것을 제공할 수 없다고 간주하는 많은 사람들의 신비 말이다. 왜 그런가? 교황은 멀어지는 사람들의 이유에 대한 개괄적이면서도 심오한 분석을 행한다. "아마도 교회가 너무 약하고 자신들의 필요에서 너무 멀리 있으며 자신들의 불안에 응답하기에는 너무 빈곤해 보였을 것이고, 아마도 자신들에 대해 너무 냉정하고, 너무 자기중심적이며 자기만의 경직된 언어에 갇힌 존재로 드러나 보였을 것입니다. 곧 아마도 세상이 교회를 새로운 요구들을 위해서는 충분치 못한 과거의 잔재로 만들어버린 것으로 보일 것이고, 아마도 교회는 인간의 유년기에는 응답했었지만 성인의 연령에 도달한 인간에게는 답을 주지 못했을 것입니다."[117]

---

117 2013년 7월 27일 토요일 리우데자네이루 대교구청에서 브라질 주교단과의 만남 중에 한 프란치스코 교황의 연설.

이 "아마도"의 목록은 실제로 교회가 역사 안에서 걸어가는 여정에서 경험하는 죄의 목록이며, 혹은 적어도 유혹의 목록으로서 이 죄나 유혹들을, 멀리 있기, 냉정함, 경직됨이라는 태도로 요약하고 있는 것이다. 이는 교회적 양심 성찰의 실마리이다. 그렇다면 이러한 상황 앞에서 무엇을 할 것인가? 엠마오의 두 제자와도 같은 오늘날의 인간들에게 어떤 교회가 "도움이 되고" 필요할 것인가?

교황은 그야말로 생기 넘치는 교회의 초상을 긍정적인 면에서 묘사하면서 그와 함께 현대인들의 처지를 분석한다.

"그들의 어둠 속으로 들어가기를 두려워하지 않는 교회가 필요합니다. 그들이 가는 길에서 그들을 만날 수 있는 교회가 필요합니다. 그들의 대화 속으로 들어가 참여할 수 있는 교회가 필요합니다. 예루살렘을 떠나 목적지 없이 환멸 속에서, 그리고 이미 불모지로 여겨지는 그리스도교에 대한, 생명을 낳지 못하고 의미를 낳지 못하는 그리스도교에 대한 실망 속에서 혼자서 떠돌아다니는 그 제자들과 대화할 줄 아는 교회가 필요합니다."[118]

이 대화는 또 그들이 교회에서 멀어지는 이유를 이해

하는 데도 도움이 된다. 프란치스코는 인터뷰 중에 이렇게 말했다. "교회를 떠나간 사람은 때로는 그를 교회로 다시 데려올 수 있는—잘 이해하고 평가한다면—그런 이유들 때문에 떠났지요." 여기서 교황은 각 사람 안에 있는 긍정적이고 선한 열망을, 심지어는 이 경우처럼 그 사람을 잘못된 선택으로 이끌 수 있다 하더라도, 그 긍정적이고 선한 열망을 강조한다. 하지만 잘못된 결정 안에는 종종 선한 동기가 있다. 예를 들자면 어떤 사람이 만약 교회에 진정성이 없다는 부정적인 주관적 체험 때문에 교회에서 멀어졌다면 그를 교회의 품으로 다시 데려올 수 있는 것은 바로 진정성에 대한 갈망일 것이다.

다른 한편, 교황은 양떼를 동반한다는 것은 그 양떼가 "새로운 길을 찾는 민감한 감각을 지녔다."라는 사실을 신뢰하는 것도 의미한다고 말했다. 어떤 순간에 그는 "신앙의 후각"에 대해 말했다. 로욜라의 이냐시오에게 그러하듯이 베르골리오에게는 감각들은 신체적 감각이기도 하고 영적 감각이기도 한데, 영적 감각은 식별에 관여한다. 길을 가는 교회는 식별 중에 있는 교회로서, 신

앙의 "후각"으로 나아가면서 함께 길을 찾는다. 이는 물론 권한 분산을 포함한다. 식별은 교회 전체에 관련된 것이고 많은 문제들이 실은 지역적 차원의 것들이다. 결국 각 주교회의의 역할이 강조될 것이 기대된다.

프란치스코 교황은 교회가 소금과 빛이기를 원한다. 곧 높고 확고한 위치에서 비추어주는 "등대"이면서 또한 위험이 잠복해 있는 길에서 사람들을 동반하면서 그들 사이에서 움직여가는 "횃불"이기를 원한다. 그 횃불은 많은 사람에게 빛이 먼 옛날의 추억으로만 남아 있는 일이 없도록 방향을 잡아주는 것이다.

✤ ✤ ✤

교회의 구조에 대한 이야기로 건너가자면, 영적 여정 (걷기) 중에 있고 자신을 건설하며 그리스도를 고백하는 [119] 프란치스코 교황의 교회를 결속시키는 유대들은 강력

---

119 역주. 2013년 3월 14일 교황 선출 다음날 최초로 식스틴 경당에서 추기경단과 함께 봉헌한 '교회를 위한 미사'에서 교황이 한 강론을 암시하고 있다. 이 강론에서 교황은 교회의 삶을 "(길을) 걷기, (교회를) 건설하기, (그리스도를) 고백하기"라는 세 동사로 설명한다.

한 유대들이다. 인터뷰 중에 잘 드러나듯이 그에게 있어 교회는 당연히 항상 목자들과 함께하는 백성이다. 그 자체로 고립된 방식으로 본 교계教階는 결코 자신을 매혹시키지 못했으나 하느님 백성 전체로서의 교회는 항상 자신을 매료시켰노라고 그는 지나가는 말로 언급했다. 이러한 시각에서 볼 때 모든 것이 꼴을 갖추고 아름다움을 지닌다. 교황 선출 직후 자신의 "형제 추기경들"에 대해 말하게 되었을 때 프란치스코 교황은 추기경단을 결속시키는 유대의 형태를 정의하기 위해 대단히 정확하고 명료한 표현들을 사용했다. 그런데 이것들은 더 일반적으로는 "강력한 교회적 친교親交"를 산다는 것이 그에게 있어 무슨 의미인지를 이해하게 해준다. 곧 그가 말한 것은 "서로 알기와 상호개방"에 대해, "모두에게 유익할 그런 공동체, 그런 우정, 그런 가까움"에 대해, "진정한 단체적 애정"[120], "우리의 생각과 체험과 숙고를 형제적으로 나누는 것"[121] 등이었다. 프란치스코 교황은 정감 있으

---

120 역주. 추기경'단'으로서, 곧 추기경들이 함께 모인 단체로서의 본질에 충실한 애정을 의미한다.

121 2013년 3월 15일 금요일, 클레멘스 홀, 교황 프란치스코가 추기경 전원을 알현하는 자리에서 한 연설.

면서 효율적이기도 한 단체성을 살아가는 것을 의도하는 것이다.

베네딕토 16세가 교황으로서 말년에 행한 연설들에서, 살아 있는 몸이면서 또한 섬김의 구조도 형성해야 하는 교회에 대해 강조했던 것을 기억하자. 예를 들어 베네딕토 16세가 추기경들에게 한 고별사에서 기억한 로마노 과르디니Romano Guardini[122]의 말에 따르면 교황청은 "책상 머리에서 만들어지고 구성된 제도"의 표현이어서는 안 되고 "살아 있는 실재"여야 한다. 교회는 보편교회universa Ecclesia로서 온 세계를 포괄하는 지리적 외연外延을 가진 실재이다. 이 보편적 특색이 깊은 내적 차원에서 교회를 형성해야 하는데, 그 이유는 가장 생생하고 역동적인 교회 체험은 가장 젊은 교회들 안에 있기 때문이다. 베네딕토 16세는 추기경단에게 대단히 아름다운 표상 하나를 남겨

---

[122] 역주. 이탈리아에서 태어나 독일에서 자라고 살아간 가톨릭 사제 (1885~1968)로 신학자, 종교철학자, 교육자, 청년운동 지도자, 전례 개혁자로 다양한 활동을 했을 뿐 아니라 제2차 바티칸 공의회를 전후한 교회의 쇄신에도 크게 공헌했다. 주요 저서는 『주님』, 『신약성서 속의 그리스도상』, 『주님의 인간적 실제』, 『주님의 어머니』, 『신화와 계시, 그리고 정치에 나오는 구원자』, 『근대의 종말』, 『불안전한 인간과 힘』, 『윤리학』 외 다수이다.

주었는데, 그것은 "보편교회의 표현인 다양성이 항상 더 우월하고 조화된 화음을 내는 데 기여하는 오케스트라"라는 표상이다. 오늘날에는 악기들이 내는 소리의 다양성 곁에 그 소리들의 강렬함과 악기들의 역할이라는 문제가 솟아난다. 프란치스코 교황은 2013년 10월 9일의 일반 알현에서 전임자의 이 음악적 표상을 다시 취하여 교회를 "화음의 집"이라고 정의한다.

결국 수위권 행사에서의 도전은 곧 시노드적 특성, 주교단의 단체성, 교회일치 운동이다. 프란치스코 교황의 마음속에 있는 개혁의 근본 요소들이 무엇인지 이해하는 데 관심이 있는 사람이라면 이 인터뷰에서 몇 가지 열쇠가 되는 요점을 끌어냈을 것이다. 베르골리오는 필요한 시간만큼 기다릴 줄을 알며, 제때에 결정을 내리기를 좋아하고, 협력자들을 신뢰할 줄을 안다. 형식적이 아닌 실제적 자문을 원하고 중앙집권주의의 수준을 낮추어 단체성에 자리를 내주고자 하며, 함께 참여하여 이루어진 결정을 높이 평가한다. 어쨌건 베르골리오에게 있어 가장 중요한 것은 교황청 구조의 단순화가 아니라 교회 내부에서 참여를 발전시키는 것이라고 나는 믿는다.

내가 그와 나눈 대화에서 프란치스코 교황의 감성적 영

감은 교회일치 운동의 도전을 언급하던 순간에도 강렬하
게 떠올랐다. 그의 최초의 행위와 최초의 말들에서 시작
하여 교황은 회칙回勅「하나 되게 하소서」Ut unum sint[123]에서
다시 출발하고자 하였다. 이 회칙에서 요한 바오로 2세
는 1995년 "수위권의 사명에 대한 본질을 포기하지 않으
면서 새로운 상황에 개방적인 수위권 행사 방식을 강구하
라."라고 촉구받고 있음을 느낀다고 말하고, 1987년 12월
6일에 콘스탄티노폴리스 총대주교 데메트리오 1세에게
했던 말을 반복하며 이렇게 말했었다. "저는 성령께서 우
리에게 빛을 비추시고 우리 교회들의 모든 목자들과 신학
자들을 일깨우시어 관련 당사자들이 모두 인정하는 사랑
의 봉사를 실현할 수 있는 이 직무의 형태를 우리가 함께
찾을 수 있게 해주시기를 간절히 기도드립니다."(95항)

한 가지 효과가 구체적으로 드러난 것은 1054년의 교
회 분열 이후 처음으로 동방교회 총대주교 바르톨로메

---

[123] 역주. '회람'을 뜻하는 그리스어 enkýklos와 '일반적인', '순환하는'이
라는 뜻을 가진 라틴어 encyclia에서 유래하는 '회칙'은 교황이 주교들
이나 일반 신도들(때로는 선의를 가진 모든 이들)에게 사회문제들과 종
교문제들에 관한 가르침과 생각을 전하는 교황문헌의 한 형태로, 「하나
되게 하소서」는 교회일치 운동에 대한 요한 바오로 2세의 회칙이다.

오Bartolomeo 1세가 교황직을 개시하는 미사에 참여한 것이었다. 교황의 이 영감靈感은 종교 간의 대화에도 영향을 주게 되는데, 이는 교황이 자신의 선출 당일에, 그리고 이어서 히브리 과월절過越節 축제 때 로마의 수석 랍비에게 전보를 보낸 일에서 드러난 바와 같다. 이런 의미에서 3월 20일에 클레멘스 홀에서 교회들과 교회적 공동체들 및 다른 종교들[124]의 대표자들을 알현하는 중에 행한 연설은 다시 읽어볼 만하다. 거기에서 그는 바르톨로메오를 "내 형제 안드레아"라고 불렀으며(사실 로마의 주교로서 그가 베드로의 후계자인 것처럼 콘스탄티노폴리스 총대주교는 베드로의 형제인 사도 안드레아에게서 유래한다.) 거기에서 그는 "어떤 식으론가" 그리스도를 믿는 이들 사이의 일치의 "충만한 실현"의 예표豫表가 이루어지는 것을 보았다고 말했다. 또 거기에서 그는 "교회일치적 대화의 여정을 계속해나갈 확고한 의지를 드러냈다."

---

124 역주. "교회들"은 성공회와 동방정교회를 비롯하여 로마 가톨릭 외의 가톨릭 교회를 가리키고, "교회적 공동체들"은 흔히 개신교라고 일컬어지는 그리스도교인들의 공동체를 가리키며 "다른 종교들"은 불교나 이슬람교 등 그리스도교가 아닌 종교들을 가리킨다. 곧 이 세 용어로 로마 가톨릭 외의 모든 종교를 포괄한다.

지각할 수 있는 가시적인 차원에서도 그렇게 강력한 방식으로 친교의 관계에 초점을 맞추는 것은 비관주의와 낙담을 극복하기 위해, "희망의 별이 빛나도록 하기 위해" 상호신뢰에 기대는 것을 의미한다. 그래서 이제 프란치스코 교황의 교황직에 또 다른 도전을, 넓은 영역의 도전을 개괄해본다.

❋❋❋

그런데 실제로 프란치스코 교황에게는 교회가 자신 안에서 살아가는 친교의 선물과 도전은 사회 전체에 관련된다. 교회는 "우리를 다양하게 만드는 것, 혹은 우리 각자의 고유한 은사(카리스마)를, 집단에 대한 각자의 개인적 소속을, 정당들을, 비정부기구들을, 본당을, 다양한 환경을 공유하도록 권고한다."[125]라고 언젠가 그는 썼다. 다름을 공유하는 것을 배우는 것은 정치가 이해관계들의 불안정하고 임시적인 균형에 그치는 것을 넘어서기 위해

---

[125] 호르헤 마리오 베르골리오, 『인간의 마음속에는』*nel cuore dell'uomo*, p. 15.

필요한 전제이다. "시민이라는 것은 하나의 선택으로 모이도록 부름받았고 하나의 투쟁으로 불렸음을, 곧 하나의 사회와 하나의 백성에 속하는 그 투쟁으로 불렸음을 의미하기"[126] 때문이다.

베르골리오에게 있어 소속은 대단히 높은 가치로서 교회적 소속과 사회적 소속을 말한다. 국가의 세속성[127], 교회와 국가의 상호자율성, 그들의 수평적이고 대등한 관계는 "영속적으로 이루어지는 집단적 활동"[128]으로서의 시민권을 보장하는데, 이 활동에서는 바로 정치적 소속이나 종교적 소속을 포함하여 서로 다른 것들을 공동의 것으로 삼는다. 다른 한편, 이런 의미에서 베르골리오는 아우구스티누스의 비판을 "신성화된 권력을 통해 사회를" 지탱하는 "상징적인 가공架空의 건축물 전체에서 본질에 해당하는 부분"[129]으로 이해되는 종교에 전적으로

---

126 호르헤 마리오 베르골리오, 『시민으로서의 우리』noi come cittadini, p. 69.

127 역주. 여기에서 "세속성"은 세상의 헛된 것들을 포함한 부정적 의미가 아니라 교회에 의존하거나 종속되지 않은 시민사회의 자율적 속성을 말한다.

128 호르헤 마리오 베르골리오, 『인간의 마음속에는』nel cuore dell'uomo, p. 8.

129 호르헤 마리오 베르골리오, 『생명을 선택하기』Scegliere la vita, p. 14.

결합시킨다. 정치적 현실은 결코 지상의 하느님 나라가
아닌 것이다.

교회 자신에 대한, 그리고 세상과 교회의 관계에 대한
프란치스코 교황의 폭넓은 시야에서 제2차 바티칸 공의
회는 떼놓을 수 없는 준거로 남는다. 프란치스코 교황의
제안은 "예언적"이다. 이브 콩가르Yves Congar[130]가 "시대의
움직임에다 그것이 지닌 하느님 계획과의 관계를 부여하
는"[131] 자를 가리켜 이 용어를 사용했을 때의 바로 그 의
미에서 그렇다. 이런 의미에서 프란치스코는 공의회의
교황이다. 공의회를 반복적으로 말하고 계속 인용하며
공의회를 옹호한다는 의미가 아니라, 우리의 대담 중에
그가 말했듯이, "복음을 오늘에 현실화된 방식으로 읽어

---

130 역주. 이브 마리 죠셉-콩가르Yves-Marie-Joseph Congar(1904~1995)
는 도미니코 수도회 소속의 프랑스인 추기경이요 신학자이다. 장 다니
엘루 및 앙리 드 뤼박과 함께, 교의신학의 연구에서 현대철학의 발전을
고려했던 새로운 신학의 선구자 중 하나로 꼽힌다. 제2차 바티칸 공의
회 준비위원회와 공의회에 전문가 자격으로 참석하였다. 주요 저서는
『교회의 신비에 대한 스케치』, 『평신도 신학을 위하여』, 『사제직과 평신
도 신원』, 『섬기는 가난한 교회를 위하여』, 『내가 사랑하는 교회』, 『나
는 성령을 믿나이다』 외 다수이다.

131 Y. Congar, 『교회 안에서의 참된 개혁과 거짓된 개혁』Vera e falsa
riforma nella Chiesa, Jaca Book, Milano 1994, p. 155.

내는 역동성"과 "현대문화에 비추어 복음을 다시 읽어
내는 일"의 내밀한 가치를 포착한다는 의미에서 그렇다.
하지만 그는 나에게 또 이 말도 했다. "이제 앞으로 나아
가야 합니다."

III

모든 것 안에서 하느님을 찾고 발견하기

프란치스코 교황의 이야기는 오늘날의 도전들에 대해서 대단히 불균형하다. 수년 전에 그는 실재實在를 보기 위해서는 믿음의 시선이 필요하다고 쓴 적이 있다. 그렇지 않으면 실재는 조각난 단편들로 보인다는 것이다. 이는 회칙回勅「신앙의 빛」Lumen fidei [132]의 주제들 중 하나이기도 하다. 나는 또한 프란치스코 교황이 리우데자네이루의 세

---

[132] 역주. 프란치스코 교황 최초의 회칙으로 2013년 6월 29일자로 발표되었다. 그러나 초안의 대부분이 전임자 베네딕토 16세에 의해 준비되어 있었기에 온전히 프란치스코 교황의 문헌이라고 보기는 어렵다.

계 청년대회 기간 중에 했던 연설들의 몇 대목도 기억하고 있었기에 그에게 그것들을 인용해 들려주었다. "하느님이 오늘의 현재에 드러나신다면 그분은 실제이신 것이다." "하느님은 모든 곳에 계신다." 이는 "모든 것 안에서 하느님을 찾고 발견하기"라는 이냐시오식 표현을 반영하는 문장들이다. 그래서 나는 교황에게 물었다. "성하聖下, 모든 것 안에서 하느님을 찾고 발견하려면 어떻게 합니까?"

"내가 리우에서 말했던 것은 현세적인 가치가 있습니다. 사실 하느님을 과거에서, 혹은 미래에 있을 법한 것들에서 찾으려는 유혹이 있습니다. 물론 하느님은 과거에 계시지요. 당신이 남기신 흔적들 안에 계시니까요. 미래에도 계십니다. 약속으로서요. 하지만 이를테면 '구체적인' 하느님은 오늘에 계십니다. 그래서 불평은 우리가 하느님을 찾는 일에 결코 도움이 되지 않습니다. '야만적인' 세상이 흘러가는 방식에 대한 현재의 불평은 결과적으로 종종 교회 안에 질서에 대한 욕구를 낳는데, 이때의 질서는 순전히 보존과 방어로만 이해되는 것입니다. 그건 안 됩니다. 하느님은 오늘 안에서 만나야 합니다.

하느님은 역사적 계시 안에서, 시간 안에서 드러나십

니다. 시간은 어떤 것이 흘러가는 과정을 시작하고 공간은 그 과정을 고정시키지요. 하느님은 시간 안에, 곧 진행되는 과정 안에 계십니다. 과정에 걸리는 시간이 비록 길다 하더라도 그 시간에 비해 권력의 공간에 더 특전을 부여해서는 안 되지요.[133] 우리는 공간을 점유하기보다는 시간 속의 그 과정을 시작해야 합니다. 하느님께서는 시간 안에 드러나시고 역사의 과정 안에 현존하십니다. 그것 때문에 우리는 새로운 역동적 움직임을 낳는 활동들을 소중히 여기게 되는 것이지요. 그것은 인내와 기다림을 요구합니다.

모든 것 안에서 하느님을 만난다는 것은 경험주의적 '유레카eureka'[134]가 아닙니다. 근본적으로 우리는 하느님

---

133 역주. 여기서 이탈리아어의 '공간'은 시간적 개념으로서 '현재의 일정한 기간에 한정된 시간'을 가리킨다. 특정한 권력의 자리, 곧 어떤 직책의 임기처럼 권한과 함께 주어진 한정된 시간을 '공간'으로 표현한다. 대립개념인 '시간'은 하느님 안에서 충만함을 향해 계속 이어진다. 따라서 한정된 기간(공간)에 결과를 얻기 위한 무리한 노력은 '시간'을 현재에 고정시키려는 시도이며, 그 기간 후에도 이어지는 '시간'을 염두에 두고 현재에 계속적 진보의 과정을 시작하는 것이 중요함을 교황은 말하고자 한다. 교황 프란치스코의 권고 「복음의 기쁨」 222~223의 "시간이 공간보다 중요하다."라는 제목과 내용도 같은 의미이다.

134 역주. '유레카'는 '발견하다', '깨닫다' 등의 의미를 가진 그리스어 동사

을 만나고 싶어 할 때 즉시 경험적 방법으로 그분을 알아보고 싶어 할 것입니다. 그런데 하느님은 그렇게 만나는 분이 아닙니다. 하느님은 엘리아가 알아차린 미풍 속에서 만나는 분입니다. 하느님을 알아보는 감각들은 성 이냐시오가 "영적 감각들"이라고 부르는 것들이다. 이냐시오는 순전히 경험적이기만 한 접근을 넘어서서 하느님을 만나기 위해서 영적 감수성을 열라고 요구합니다. 그러기 위해서는 관상적觀想的 태도가 필요하지요. 이 태도는 곧 사물들과 상황들에 대한 이해와 애정에 있어서 좋은 길로 가고 있음을 느끼는 것입니다. 이 좋은 길로 가고 있다는 표지는 깊은 평화와 영적 위로와 하느님 사랑이라는 표지요 하느님 안에서 모든 것을 보는 것이지요."

의 과거완료형이다. 철학자 아르키메데스가 왕의 명령에 따라 왕관이 순금인지 아닌지를 알아내는 방법을 고심하다가 목욕탕에서 욕조의 물이 넘치는 것을 보고 그 방법을 발견하고 흥분한 나머지 "찾았다!"라는 뜻으로 "유레카!"라고 외치면서 목욕탕을 뛰쳐나왔다는 데서 유래한 이 표현은 중요한 것을 발견한 순간의 기쁨을 드러내는 감탄사로 쓰인다.

확실성과 오류

"모든 것 안에서 하느님을 만나는 것이 경험적 '유레카'가 아니라면, 그러니까 역사를 읽어내는 하나의 여정이라면 오류를 범할 수도 있겠군요……" 하고 나는 교황에게 말했다.

"그렇지요. 이렇게 모든 것 안에서 하느님을 찾고 만나는 것은 항상 불확실성의 영역으로 남지요. 그래야 하는 것입니다. 어떤 사람이 자기가 전적으로 확실하게 하느님을 만났고 일말의 불확실성도 스치지 않았다고 말한다면 그건 좋지 않아요. 저에게 이건 중요한 열쇠입니다. 어떤 사람이 모든 질문에 답을 가지고 있다면 그것이 바로 하느님께서 그 사람과 함께 계시지 않는다는 증거입니다. 그가 종교를 자신을 위해 이용하는 거짓 예언자라는 의미이지요. 모세와 같은 하느님 백성의 위대한 안내자들은 항상 의문의 여지를 남기고 있었지요. 우리의 확실성에가 아니라 주님께 자리를 내드려야 하지요. 겸손해야 합니다. 영적 위로의 확인으로 열려 있는 모든 참된 식별에는 불확실성이 들어 있습니다."

"모든 것 안에서 하느님을 찾고 발견하기에 들어 있는

위험은 그러니까 너무 명확히 하려 하고 인간적 확실성과 오만으로 '하느님은 여기 계셔.' 하고 말하려 하는 것이지요. 그렇게 되면 우리는 그저 우리 수준의 신 하나를 발견할 뿐이겠지요. 올바른 태도는 아우구스티누스적인 태도입니다. 곧 하느님을 발견하기 위해 찾고 항상 하느님을 찾기 위해 발견하는 것이지요. 성경에서 보듯이 흔히 더듬거리며 하느님을 찾습니다. 이것이 우리의 모델인 위대한 신앙의 성조聖祖들의 체험이지요. 히브리서 11장을 다시 읽을 필요가 있습니다. 아브라함은 어디로 가는지도 알지 못한 채 신앙 때문에 떠났습니다. 우리의 신앙의 선조들은 모두 약속된 유산을 보면서 죽어갔습니다. 멀리서요…… 우리의 삶은 마치 모든 것이 기록되어 있는 오페라 대본처럼 우리에게 주어지지 않으며, 나아가고 걸어가고 행하고 찾고 보고…… 그런 것입니다. 하느님을 만나고자 하는 모험 속으로, 하느님이 나를 찾으시고 만나시도록 하는 모험 속으로 들어가야 합니다.

하느님은 앞서 계시기 때문입니다. 하느님은 항상 앞

---

135 역주. 아르헨티나에서 쓰는 표현으로 저자가 뒤에 설명하듯이 먼저, 혹은 다른 사람이 알아차리기 전에 상대를 기만하여 주도권을 잡는 것을 의미하는 부정적 어감을 내포한다.

서 계시며, 하느님은 '선수先手를 치시지요.'primerear.[135] 하느님은 어찌 보면 신부님의 고향 시칠리아의 아몬드 꽃 같아요, 안토니오 신부님. 아몬드 꽃은 항상 먼저 피지요. 예언서들에 그런 이야기가 나옵니다. 결국 하느님은 걸어가면서 길에서 만나는 것이지요. 이 대목에서 누군가는 그걸 상대주의라고 말할 수도 있겠지요. 그게 정말 상대주의일까요? 일종의 무차별적 범신론으로 잘못 이해하면 그렇죠. 하지만 하느님께서는 항상 놀라움이시고, 그래서 우리는 그분을 어디에서 어떻게 만날지 결코 알 수 없으며, 그분과 만나는 시간과 장소를 정하는 것은 우리가 아니라는 성경적 의미로 이해하면 상대주의가 아닙니다. 결국 만남을 식별할 필요가 있지요. 그래서 식별은 근본적인 것입니다.

그리스도인이 복고주의자요 법률주의자라면, 모든 것이 분명하고 확실하기를 원한다면 그는 아무것도 찾지 못합니다. 전통과 과거의 기억은 우리가 하느님께 새로운 자리를 열어드리는 용기를 가지도록 도와주어야 합니다. 오늘날 항상 규율에 의한 해결을 추구하는 사람, 지나치게 교의적 '확실성'을 중요시하는 사람, 잃어버린 과거를 고집스럽게 회복하려고 하는 사람은 고정된 퇴행적 시각을 가진 사람입니다. 그런 식으로 신앙은 수많은 이데올로기들 중 하나가 되는 것이지요. 저에겐 교의적 확신이 하나 있습니다. 하느님은 모든 사람의 삶 안에 계신다는 것, 하느님은 각자의 삶 안에 계신다는 것이지요. 어떤 사람의 삶이 하나의 재앙이었다 할지라도, 악습이나 마약이나 그 어떤 다른 것들로 파괴되었다 할지라도 하느님께서는 그의 삶 안에 계십니다. 모든 인간의 삶에서 하느님을 찾을 수 있고 찾아야 합니다. 어떤 사람의 삶이 가시와 잡초로 가득한 토양이라 할지라도 언제나 좋은 씨앗이 자라날 수 있는 자리는 있지요. 하느님을 신뢰할 필요가 있습니다."

우리는 낙관주의자여야 하는가?

교황의 이 말에 나는 과거에 그가 썼던 몇 가지 묵상을 기억했는데, 당시의 베르골리오 추기경은 하느님께서는 이미 도시 안에 사시면서 모든 사람 사이에 섞여서 각 사람과 결합되어 계신다고 썼었다. 내가 볼 때는 성 이냐시오가 『영신 수련』에서 썼던 말, 곧 하느님께서는 우리의 세상에서 "일하고 활동하신다."라고 한 말을 다른 방식으로 표현한 것이었다. 그래서 나는 그에게 물었다. "우리는 낙관주의자여야 합니까? 오늘날의 세상에서 희망의 씨앗들은 어떤 것들인지요? 위기에 처한 세상에서 낙관주의자가 되려면 어떻게 하지요?"

"나는 '낙관주의자'라는 말을 좋아하지 않아요. 심리적 태도를 말하기 때문이지요. 대신 나는 히브리서 11장에서 말하는 바에 따라 '희망'이라는 말을 쓰기를 좋아합니다. 선조들은 커다란 시련들을 통과하면서 계속해서 걸어갔습니다. 로마서에서 말하는 것처럼 희망은 실망시키지 않습니다. 그와 달리 푸치니Puccini의 「투란도트」 Turandot[136]에 나오는 첫 번째 수수께끼를 생각해보세요." 하고 교황은 나에게 말했다. 그 순간 나는 희망이라는 답을 가진 공주의 그 수수께끼를 말하는 구절을 조금 기억해냈다.

어두운 밤을 가르며 날아다니는 무지갯빛 환영幻影.

---

[136] 역주. 이탈리아의 작곡가 자코모 푸치니의 마지막 오페라로 「공주는 잠 못 들고」라는 아리아가 유명하다.

까맣고 끝이 없는 인류 위로 올라가 날개를 편다네.

온 세상이 그것을 희구하고

온 세상이 그것을 간절히 원하지.

하지만 환영은 여명과 함께 사라져

마음속에 다시 태어난다네.

밤마다 태어나고 날이 밝을 때마다 죽는 것!

희망에 대한 갈망을 드러내는 구절이다. 하지만 여기서 그 희망은 무지갯빛 환영이고 여명과 함께 사라진다.

"보세요." 교황은 계속해서 말했다. "그리스도교적 희망은 환영이 아니고 속이지 않습니다. 그것은 대신덕^{對神德}[137]의 하나요, 따라서 결국, 그저 인간적인 것일 뿐인 낙관주의로 축소할 수 없는 하느님의 선물이지요. 하느님은 희망을 속이지 않으시며, 당신 자신을 부정하실 수 없습니다. 하느님은 온전히 약속이십니다."

---

137 역주. 하느님께 대한 가장 기본적인 덕으로서 믿음, 소망(희망), 사랑을 가리킨다. 주님을 향한 덕이라는 의미로 '향주덕'向主德, 혹은 '향주삼덕'向主三德이라고도 한다.

우리 시대를 위한 영성 ——————

역사 안에서, 그리고 현대 문화에 비추어 복음을 읽는다
는 것은 베르골리오에게 있어 하느님께서 오늘의 현재
안에 나타나신다는 것을 의미하며, 인간 역사는 "은총이
제공해준 것들을 식별하는 자리"[138]로 간주되어야 한다
는 것을 의미한다. 하느님은 개인들의 삶에서도 역사와
그 과정에서도 멀리 계시지 않는다. 프란치스코 교황은
로욜라의 이냐시오가 다음과 같이 요구하는 『영신 수련』
의 실천에서 이러한 견해를 성숙시킨다. "하느님이 어떻
게 피조물 안에 기거하시는지를 살펴본다. 곧 하느님은
물질들에 존재를 부여하시면서 그 안에 계시고, 식물들
을 성장하게 하시면서 그 안에 계시며, 동물들에게 감각
을 부여하시면서 그 안에 계시고, 사람들에게는 이해력
을 부여하시면서 그들 안에 계시는 것이다. 그리고 나에
게 존재와 생명과 감각을 주시면서, 그리고 이해력을 주

---

138 호르헤 마리오 베르골리오, 『생명을 선택하기』*Scegliere la vita*, p. 9.

시면서 그렇게 내 안에 계시고, 또한 나를 성전聖殿이 되게 하심으로써, 그리고 당신의 존엄하신 모습을 닮은 하느님의 모상으로 창조하신 내 안에 그렇게 계신다."(『영신수련』 235) 그런 후 또 하느님의 활동을 주시하도록 요구한다. "하느님께서 어떻게 땅 위의 모든 피조물 안에서 나를 위하여 수고하시고 일하시는지, 곧 일하는 사람처럼 행동하시는지를 생각한다. 하늘과 물질들과 식물들, 열매들과 가축들 따위 안에서 그것들에게 존재를 부여하고, 보존하며, 성장하게 하고, 감각을 부여하는 등의 일을 하시면서 그 안에서 일하시는 것이다."(『영신 수련』 236)

요점이 "모든 것 안에서 하느님을 찾고 발견하기"라면 이 역동적 과정에서 사명과 변화는 복음과 성령께 대한 충실성과 세상에서 이루어지는 변화들 이 두 가지 모두에 의해 인도된다. 이 점에 있어 교황은 분명하다.

"하느님은 모든 곳에 계신다. 모든 문화의 고유한 언어로 하느님을 선포할 수 있기 위해 그분을 발견하는 법을 알 필요가 있다. 모든 현실, 모든 언어는 다른 리듬을 가지고 있는 것이다."

세상 안에 계신 하느님의 현존에 대한 커다란 신뢰라는 영적 통찰력을 보면서 우리는 베르골리오의 관점이 오늘날의 인간이 가진 실존적 질문들에, 특히 새로운 세대들이 지닌 실존적 질문들에 닻을 내리고 있음을 알아차리게 된다. 그러니까 하느님을 "찾을" 필요가 있다. 하지만 베르골리오에게 있어 "그분을 발견하기"는 경험주의적 '유레카'가 아니다. 하느님은 우리의 눈앞에 던져지는, 그리고 우리의 인식 능력이 소유할 수 있는 물건이 아니다. 그분이 주시는 깊은 평화의 힘으로 그분의 현존을 알아보는 관상적 태도가 필요한 것이다. 이런 확실성은 베르골리오식 세계관에 대해 많은 것을 말해주는데, 그것은 역동적이고, 결코 정적靜的이지 않으며 움직이는 세계관이다. 그는 또한 자신의 시각이 지닌 네 가지 원리에 대해서도 이렇게 말했다.

"시간이 공간보다 우월하고, 일치가 갈등보다 우월하며, 실재가 관념보다 우월하고, 전체가 부분보다 우월합니다."

첫 번째 원리는 그의 마음 안에 특별한 자리를 차지하고 있는 것이다. 시간은 문화적, 사회적, 영적 과정을 가리키며, 공간은 머물러 있거나 점유하는 구체적인 고정된 자리를 가리킨다. 그리스도교인들에게는 "공간을 점유하기보다는 과정을 시작하기"라고 그는 말한다. 근본적으로, 반죽을 발효시켜 부풀게 하는 누룩이라는 복음적 표상은 진행 중인 과정을 나타낸다.[139] 사실 함께 자랄 수가 없는 밀과 가라지의 표상도 그렇다. 잡초를 즉시 뽑아버리려는 것은 하나의 유혹일 것이다. 그보다는 "씨 뿌리는 사람의 눈길에는 희망이 가득해야 합니다. 그는 밀밭에 가라지가 올라오는 것을 보고 불평으로 반응하지도 않고 법석을 떨지도 않으며, 서둘러 시간을 앞당기려는 유혹을 이기고 씨앗의 생산력에 기대를 겁니다."[140] 결국 밀과 가라지는 함께 자랄 것인데, 가라지의 추수는 천사들에게 맡겨두고 우리는 밀을 보호하도록 부름받았다.[141]

그의 시각은 교의적 "확실성"에 지나치게 깊이 뿌리내리고 있지 않으며, 진행 중인 과정에 대단히 주의를 쏟으며 그 과정으로 기울어진 시각이다. 프란치스코 교황은 인터뷰에서 하느님은 시간 안에 나타나시고 역사의

---

139 호르헤 마리오 베르골리오, 『도시 안의 하느님』*Dio nella citta*, p. 31 참조.

140 호르헤 마리오 베르골리오, 『눈을 열어주는 것은 사랑』*È l'amore che apre gliocchi*, p. 146.

141 호르헤 마리오 베르골리오, 『규율과 열정』*Disciplina e passione*, p. 42 참조.

과정 안에 현존하신다고 분명하게 말하는데, 이 역사란 "우리를 쫓아오며, 자주 숨 가쁘게 한다."[142] 그리고 우리는 "겸손하게 현실과 역사와" 하느님의 "약속을 '스스로 짊어지도록'" 부름받았다. 이것이 새로운 역학을 낳는― 어쩌면 하느님과의 관계를 살아가는 새로운 방식으로도―활동들을 특별히 여기게 한다.

"우리가 결국에는 도시를 기반으로 한 문화인 '항상 있어온 문화'라는 한계 안에만 남아 있다면 결과는 성령의 힘을 헛되게 하고 말 것이다."[143]

베르골리오에게 있어서 섭리는 우리에게 새로운 가능성을 제공한다. 곧 위기도 역시 하나의 도전인 것이다.[144]

프란치스코 교황은 여기에서 근본적인 과제 하나를 가리킨다. 곧 상징적·문화적 준거가 더 이상 지난날의 그것들이 아닌 변화하는 사회 안에서 신앙의 상상력을 재

---

142 호르헤 마리오 베르골리오, 『시민으로서의 우리』*Noi come cittadini*, p. 26.

143 2013년 7월 28일 주일, 리우데자네이루의 Centro Studi Sumaré에서 라틴아메리카 주교평의회(CELAM) 책임자 주교들과 만나는 기회에 프란치스코 교황이 한 연설.

144 호르헤 마리오 베르골리오, 『인간의 마음속에는』*Nel cuore dell'uomo*, p. 8.

건하는 과제이다. 인간의 자기 이해는 "시간과 함께 변하며, 인간의 의식도 역시 그렇게 깊어진다."라고 그는 말한다. 이 과정 안에는 "그리스도교라는 종교의 교의教義"도 들어가는데, 이 교의는 레랑스의 성 빈첸시오가 쓴 『제1 훈계서』Commonitorium Primum[145]가 말하듯이 "세월과 함께 견고해지고, 시간과 함께 발전하며, 연륜과 함께 깊어지면서 진보합니다." 뒤에 가서 교황은 이 책을 인용할 것이다. 교황으로 선출되고 얼마 후인 2013년 부활성야 미사 강론 중에 프란치스코 교황은 지속적 개혁을 향해 열린 정신을 세우는 한 가지 요소, 곧 새로움에 대해 강조하면서 이렇게 말했다.

"나날이 이어지는 일상의 일들 안에서 무언가 그야말로 새로운 것이 발생하면 우리는 멈추어 서지요. 그것을 이해하지 못하고 어떻게 대면해야 할지를 모르는 겁니다. 새로움은 흔히 우리를 두렵게 합니다."

교황은 우리에게 삶의 교훈을 주고 있으며, 교회로 하여금, 세월 속에서 형성된 사고방식의 범주에 해당되지

145　역주. 5세기에 프랑스 북부 툴루즈에서 태어난 레랑스의 성 빈첸시오의 저술로 434년경 이단으로부터 가톨릭의 진리를 옹호하기 위하여 쓴 책.

않는 것까지도 받아들일 준비를 철저히 갖춘 자세로 열려 있도록 재촉한다. 베르골리오는 참으로 빛을 던져주는 어떤 글에서 이렇게 쓴 적이 있다. "폐쇄되고 결정적인 이야기는 어떤 것이든지 항상 수많은 함정을 감추고 있다. 드러나서는 안 된다고 보는 것을 숨기고 있으며, 이 세상에 속하지 않은, 진정으로 결정적인 것에 항상 열려 있는 진실에 재갈을 물리려 한다."[146]

전통과 보존의 거짓된 관념들은 무너진다. "충실하게 남기, 충실하게 머물기는 밖으로 나가는 행위를 포함한다. 바로 주님 안에 머문다면, 자신에게서 나가는 것이다. 역설적으로 바로 충실하게 남기 때문에, 다시 말해 바로 충실하다면 변하는 것이다. 전통주의자들이나 근본주의자들처럼 문자에 충실하게 남는 것이 아니다. 충실성은 항상 하나의 변화이고, 피어나는 것이며, 성장하는 것이다. 주님께서는 당신께 충실한 사람 안에서 변화를 이루신다."[147] 그리스도인은 "공포 속에서 살 수도 없

---

146 호르헤 마리오 베르골리오, 『생명을 선택하기』*Scegliere la vita*, p. 28.

147 「추기경회의에 말하려고 했던 것」, S. Falasca의 호르헤 마리오 베르골리오 추기경 인터뷰, 『30일』*30 Giorni*, 2007년 11월호.

고 굳건한 확실성 속에서 살 수도 없어요." 하고 프란치
스코 교황은 나에게 말했다.

신앙의 해 개막을 위해 교구에 보낸 편지에서 베르골
리오 추기경은 교회가 "과거가 항상 현재보다 좋았다는
마비성 패배주의에 빠지는 일 없이 삶과 역사의 계속적
움직임을 동반할" 필요성에 대해 썼었다. "정의와 거룩
함의 새로운 누룩으로(1코린 5,8)[148] 삶을 반죽하면서 새로
운 것을 생각하고 새로운 것을 일으키고 새로운 것을 창
조하는 일이 시급합니다."[149]

역사 안에 산다는 것은 가능성 안에 산다는 것을 의미
한다. 이는 인간 역사가 "결코 끝나지 않았고, 그 가능성
도 결코 다하지 않으며, 항상 새로운 것을 향해, 지금까
지 고려되지 않았던 것을 향해 열릴 수 있기 때문이다.
불가능해 보였던 것으로 열릴 수 있는 것이다. 또한 그
역사가 하느님의 권능과 사랑에 뿌리를 두는 창조에 속
하기 때문이다."[150]

---

148 역주. 1코린 5,8: "묵은 누룩, 곧 악의와 사악이라는 누룩이 아니라,
    순결과 진실이라는 누룩 없는 빵을 가지고 축제를 지냅시다."
149 호르헤 마리오 베르골리오, 『신앙의 문턱을 넘어서기』, p. 8.
150 호르헤 마리오 베르골리오, 『생명을 선택하기』*Scegliere la vita*, p. 8.

❖❖❖

새로운 것 안에서 하느님을 찾는다는 것은 또한 주님께서 자신을 찾으시도록 내드리는 일에 항구하게 준비된 자세를 갖춘다는 것을 의미하기도 한다. 우리를 찾으시는 분은 바로 그분이시니까. 참된 관상적 자세는 이것이다. 여기에 구원이 있다. 베르골리오 추기경이 성 아우구스티누스에 관한 어떤 책의 서문에서 이렇게 썼듯이. "여기에 요점이 있다. 어떤 사람들은 믿음과 구원이 주님을 바라보고 주님을 찾으려는 우리의 노력을 통해서 온다고 믿는다. 그런데 실은 그 반대이다. 곧 주님이 그대를 찾으실 때, 그분이 그대를 바라보시고, 그대가 그분이 자신을 바라보시고 찾으시도록 자신을 내드릴 때 그대는 구원된다. 주님께서 먼저 찾으신다. 그리고 그대가 주님을 발견할 때 그대는 그분이 저만큼에서 그대를 바라보시면서 계셨다는 것을, 그분이 먼저 그대를 기다리셨다는 것을 이해하는 것이다. 거기에 구원이 있다. 곧 그분이 먼저 그대를 사랑하시고, 그대는 그분이 그대를 사랑하시도록 두는 것이다. 구원은 바로 그분이 먼저 이루시는 이 만남이다."[151]

베르골리오는 하느님을 찾는 일에 대한 아우구스티누스의 실존적 자세를 좋아하며, 그 사실을 인터뷰에서 분명하게 말한다.

"올바른 태도는 아우구스티누스적 태도입니다. 곧 하느님을 발견하기 위해 찾고 항상 하느님을 찾기 위해 발견하는 것이지요."

교황이 이 표현들을 나에게 말했을 때는 조금 전인 2013년 8월 28일 성 아우구스티누스 수도회의 총회 개회미사를 거행한 후였다. 거기에서 그는 "불안의 평화"에 대해서 말했었다. 하느님께 대한 베르골리오의 관계는, 곧 그의 개인적인 하느님 체험은 이 불안에서 떼놓을 수 없는 것이다. 하느님께서 먼저 우리를 찾으신다는 것을 알면서 말이다. 프란치스코 교황에게서 개인적인 짧은 편지 하나를 받은 어떤 사람이 감동해서 내게 읽어준 문장은 이러했다.

"하느님은 우리를 찾으십니다. 하느님은 우리를 기다

---

151 G. Tantardini, 『아우구스티누스에 따른 교회의 시대』*Il tempo della Chiesa secondo Agostino*의 서문, Città Nuova, Roma 2009. 또한 www.30giorni.it/articoli_id_21809_l1.htm.

리시고, 하느님은 우리를 찾아내십니다…… 우리가 그분을 찾기 전에, 우리가 그분을 기다리기 전에, 우리가 그분을 찾아내기 전에요. 이것이 거룩함의 신비이지요."

이미 랍비 스코르카와의 대담에서 베르골리오는 이렇게 고백한다.

"하느님은 길을 걷고 여기저기 거닐면서 만나게 된다고 말하고 싶습니다. 우리가 그분을 찾고 그분이 우리를 찾으시도록 내드리는 것이지요. 서로 만나는 두 개의 길입니다. 한편으로는 우리가 마음에서 우러나온 본능에 이끌려 하느님을 찾습니다. 그리고 우리가 하느님을 만나면, 그분이 이미 우리를 찾고 계셨다는 것을, 우리를 앞서 계셨음을 깨닫게 됩니다."[152]

하느님은 먼저 오시고 우리를 앞서신다. 프란치스코 교황이 사용한 'primerear(선수 치다)'라는 특수용어의 동사의 의미도 이것이다. 그는 나에게 이 말이 그리 좋은 말

---

152 호르헤 마리오 베르골리오, A. Skorka, 『하늘과 땅. 21세기의 가족, 신앙, 교회의 사명에 대한 프란치스코 교황의 생각』Il cielo e la terra. Il pensiero di Papa Francesco sulla famiglia, la fede e la missione della Chiesa nel XXI secolo, Mondadori, Milano 2013, p. 13 이하. 한국어판 『천국과 지상』, 22쪽.

도 아니고 순수한 말도 아니라고 설명했다. 이 말은 먼저, 혹은 다른 사람이 알아차리기 전에 주도권을 잡는 것을 의미하기도 하는데, 내포된 어감이 부정적이다. 실질적으로는 다른 사람보다 먼저, 혹은 다른 사람이 알아차리기 전에 상대에게 사기를 치고 그를 기만하여 주도권을 잡는 것을 의미하기 때문이다. 프란치스코 교황은 2013년 5월 18일 성령강림절 전야에 모인 교회의 운동단체들의 회원들 앞에서도 이 표현을 썼다. 이때는 이 말이 하느님 자신을 가리켰는데 "우리는 하느님을 찾아야 한다고, 그분께 가서 용서를 청해야 한다고 말하지요. 그런데 우리가 그분에게 갈 때 그분은 먼저 우리를 기다리십니다. 아르헨티나에서 우리가 사용하는 표현을 좀 쓰겠습니다. 주님은 우리에게 '선수를 치시고', 우리를 앞서시며 우리를 기다리고 계십니다. 그대가 죄를 지으면 그분은 용서하시려고 기다리십니다. 그분은 우리를 받아들이시려고, 우리에게 당신 사랑을 주시려고 우리를 기다리고 계시고 그럴 때마다 신앙이 자라납니다. 어떤 사람은 신앙을 연구하기를 더 좋아하기도 하겠지요. 연구도 중요하지만 더 중요한 것은 하느님과의 만남입니다. 바로 그분이 우리에게 신앙을 주시기 때문입니다."

그러니까 "하느님과의 만남이라는 영적 체험은 통제할 수 없는 것입니다."[153] 또한 베르골리오의 하느님은 로욜라의 성 이냐시오의 '항상 더 크신 하느님'이시요, "놀라움의 하느님"이시다. "하느님은 창조적이시고 닫혀 계시지 않으며, 그래서 결코 경직된 분도 아닙니다. 하느님은 경직된 분이 아니시라고요!" 하고 프란치스코 교황은 2013년 9월 27일 교리교사들에게 행한 연설에서 말했다. 그와 같이 우리의 삶은 경직되어서는 안 된다. 인간 존재는 이미 기록된 악보가 아니고 "오페라 대본"도 아니라고 베르골리오는 말한다. 신앙생활의 필수요소를 이루는 불확실성의 차원, 불완전의 차원이 있는 것이다. 신앙생활은, 인터뷰에서 그가 말하기를, "모험"이요 "추구"이며 하느님께로 새로운 공간을 여는 것이다.

이 인터뷰에서 드러난 베르골리오 교황의 특징들 중 하나는 대단히 추진력 있는 실존적 자세이다. 하지만 베르골리오는 "낙관주의자"로 규정되지 않는 쪽을 선호한다. 항상 인류의 진보적 운명을 신뢰하는 선험적 견해에 매이지 않는 현실주의자였다. 그의 낙관주의는 실제로

---

153 같은 책, p. 24. 한국어판 『천국과 지상』, 38쪽.

는 신앙이요, 현실을 보는 방식에 형태를 갖추어주는 복음적 신뢰이다. "능동적 희망"[154]으로 이해되는 창의성의 열매인 것이다.

이는 2007년 아파레시다에서 열린 라틴아메리카 주교 회의가 견지한 태도로서, 이는 "보고, 판단하고, 행동하기"(19항)라는 방법론으로 육화되었다. 사실 "보기"는 단순한 경험적 관찰이 아니라 "신앙의 눈으로 하느님을 관상하기"이다. 그렇게 해서 "우리를 둘러싼 현실을 그분 섭리의 빛에 비추어 볼" 수 있게 된다. "패배했다는" 자각에 양보하지 않는 베르골리오의 "낙관주의"는 신앙에 대한 이러한 "견해"에서 나온다.

---

154 호르헤 마리오 베르골리오, 『생명을 선택하기』*Scegliere la vita*, p. 8.

IV

예술과 창의성

희망의 신비에 대해 말하고자 교황이 「투란도트」를 인용한 사실에서 나는 깊은 인상을 받았다. 나는 예술과 문학에 관한 프란치스코 교황의 언급이 어떤 것들인지 더 잘 알고 싶어졌다. 2006년 그가 위대한 예술가들은 삶의 비극적이고 고통스러운 현실을 아름답게 제시할 줄을 안다고 말한 것을 그에게 상기시켰다. 그래서 나는 그가 좋아하는 예술가들과 작가들이 어떤 사람들인지, 뭔가 그들의 공통점이 있는지 등을 물었다.

"저는 서로 다른 작가들을 아주 좋아했습니다. 도스토옙스키Dostoevskij와 횔덜린을 무척이나 좋아하지요. 횔덜린에 대해서는 몹시 아름다운 그의 할머니 생신을 위해 지은 그 서정시를 상기시키고 싶은데요. 그 시는 저에게 도 영적으로 커다란 유익이 되었지요. '인간이 유년기가 약속한 것을 보존하기를'이라는 구절로 끝나는 시입니 다. 이 시가 저를 감동시킨 것은 제가 우리 할머니 로사 를 무척 사랑했기 때문이기도 한데, 횔덜린은 그 시에서 자기 할머니를 예수님을 낳으신 마리아에게 접근시키지 요. 그에게 있어 예수님은 아무도 이방인으로 여기지 않 으신 지상地上의 친구예요. 저는 『약혼자들』[155]이라는 책 을 세 번 읽었는데 또 읽으려고 지금 책상에 두고 있습니 다. 만초니Manzoni는 저에게 많은 것을 주었지요. 우리 할 머니는 제가 어렸을 때 이 책의 서두를 외우도록 가르치 셨어요. '길게 이어진 두 개의 산맥 사이로 남쪽으로 향 하는 코모 호수의 그 지류支流는……'. 제라르 맨리 홉킨 스Gerard Manley Hopkins[156]도 저는 무척 좋아했지요.

---

155 역주. 이탈리아의 시인이자 소설가인 알레산드로 만초니(Alessandro Manzoni, 1785~1873)의 소설로 1827년에 초판이 나왔다. 이탈리아 근 대소설의 선구자요 이탈리아어 문장의 교본으로 일컬어진다.

156 역주. 독자적인 운율법의 사용 등 대담한 실험적 기법으로 강렬한 종 교적 감정을 표현하였던 영국의 시인(1844~1889).

그림에서는 카라바죠를 흠모합니다. 그의 캔바스는 저에게 말을 하지요. 샤갈Chagall의 「하얀 십자고상十字苦像」[157]도 그래요…….

음악에서는 당연히 모차르트를 좋아합니다. 「미사곡 C 단조」 그중에서도 「엣 인카르나투스 에스트」Et incarnatus est(육신을 취하시어)는 비길 데 없이 탁월하지요. 듣는 이를 하느님께 데려가요! 클라라 하스킬Clara Haskil[158]이 연주한 모차르트를 좋아하지요. 모짜르트는 저를 가득 채웁니다. 전 그를 생각할 수가 없고 그를 느껴야 하지요. 베토벤을 듣기를 좋아하지만 프로메테우스적으로[159] 듣지요. 제가 볼 때 베토벤의 가장 프로메테우스적인 해석자는 푸르트뱅글러Furtwängler예요. 그리고 바흐Bach의 수난곡. 제가 대단히 좋아하는 바흐의 작품은 「마태수난곡」 중 베드로의 통곡 「저를 불쌍히 여기소서」입니다. 숭고하지

157 역주. '십자고상'은 단순한 십자가가 아니라 십자가 위에 예수님의 몸이 못 박혀 있는 모습의 상상을 가리킨다.
158 역주. 루마니아 출신의 피아니스트(1895~1960).
159 역주. '먼저 아는 자'라는 뜻을 가진 프로메테우스는 그리스 신화의 인물로 올림푸스 산에서 불을 훔쳐 인간에게 갖다 준 까닭에 제우스의 노여움을 사서 코카서스 산의 바위에 묶여 날마다 독수리에게 간을 쪼여 먹히는 벌을 받았다고 한다. '프로메테우스적'이라는 표현은 고통 속에서도 좌절하거나 타협하지 않고 버티는 불굴의 정신을 가리킨다.

요. 또 그와 같은 방식으로 친밀하지는 않지만 다른 차원에서 바그너Wagner를 좋아합니다. 바그너를 듣기를 좋아하지만 항상 그렇진 않아요. 1950년도에 푸르트뱅글러가 스칼라에서 연주한 「반지 사부작」이 최고이지요. 하지만 1962년도에 크나페르츠부슈Knappertsbusch가 연주한 「파르지팔」도 훌륭해요.

영화에 대해서도 이야기해야 하겠지요. 펠리니Fellini의 「길」은 제가 가장 좋아했던 영화일 거예요. 전 저 자신을 그 영화와 동일시하는데, 그 영화에서는 성 프란치스코에 대한 암시적 언급이 나오지요. 또 열 살에서 열두 살 사이에 안나 마냐니Anna Magnani와 알도 파브리치Aldo Fabrizi의 영화를 전부 본 것 같아요. 제가 아주 좋아한 또 다른 영화는 「로마, 열린 도시」입니다. 영화에 관한 저의 식견은 자주 우리를 영화관에 데리고 가셨던 부모님 덕분이지요.

아무튼 일반적으로 저는 비극적 예술가들, 특히 가장 고전적인 예술가들을 좋아합니다. 세르반테스Cervantes가 돈키호테의 이야기를 찬양하기 위해 기사후보생 카라스코Carrasco의 입에 담아준 다음과 같은 멋진 정의가 있습니다. '어린이들은 그것을 손안에 가지고 있고, 젊은이들은

그것을 읽으며, 어른들은 그것을 이해하고, 노인들은 그
것을 두고 찬양한다.' 이것이 제가 볼 때는 고전에 대한
훌륭한 정의일 수 있지요."

나는 내가 그의 이런 말들에 빠져든 것을 알아차렸고,
그의 예술적 선택이라는 문을 통해 그의 삶 안으로 들어
가고 싶어졌다. 아마도 긴 여정을 밟아가야 할 것이다.
이탈리아의 신사실주의新寫實主義에서부터 「바베트의 만
찬」[160]에 이르기까지의 영화도 포함할 것이다. 그가 다른
기회에 나에게 인용한 다른 저자들과 다른 작품들, 더 작
은 작품이거나 덜 유명한 작품, 특정지역의 작품들도 떠
오른다. 호세 에르난데즈José Hernández[161]의 『마르틴 피에로』
에서 니노 코스타Nino Costa의 시와 루이지 오르세니고Luigi
Orsenigo의 「위대한 탈출」에 이르기까지 말이다. 요셉 말레
그Joseoh Malègue와 호세 마리아 페만José María Pemàn도 나는 생
각한다. 당연히 단테Dante와 보르헤스Borges도 떠오른다.

---

160 역주. 덴마크 작가 이자크 디네센의 동명의 소설을 가브리엘 액셀 감
독이 영화로 만든 작품으로 희생과 사랑으로 제공되는 식사를 통한 치
유와 화해라는 그리스도교적 메시지를 담고 있다.
161 역주. 아르헨티나의 시인이자 정치가, 군인, 언론인으로 작품과 언론
을 통해 자신의 정치적 신념과 이데올로기를 나타내면서 당시 아르헨티
나에서 가장 학식 있는 인물로 평가받는다.

『부에노스아이레스의 아단』, 『세베로 아르칸젤로의 향연』, 『메가폰 또는 전쟁』의 저자 레오폴도 마레찰Leopoldo Marechal[162]도 생각난다.

특히 보르헤스에 대해서 생각하는데, 산타 페Santa Fe의 원죄 없으신 성모 꼴레지오에서 문학을 가르치는 28세의 교수였던 베르골리오가 그를 개인적으로 직접 알고 있기 때문이다. 베르골리오는 고등학교의 마지막 두 학년을 가르쳤으며 자기 학생들에게 창의적 글쓰기를 시작하게 했다. 내가 그의 나이였을 때 나에게도 그와 비슷한 체험이 있었는데 로마의 막시모 학교에서 봄바카르타BombaCarta[163]를 조직하면서였다. 그래서 그에게 그 이야기를 했는데, 끝에 가서 나는 교황에게 그의 체험을 이야기해달라고 청했다.

"조금은 위험한 것이었지요." 하고 그는 답했다. "저

---

162 역주. 철학소설로 유명한 아르헨티나의 작가요 평론가. 1948년에 나온 그의 걸작 『부에노스아이레스의 아단』은 기술적 복잡성, 문체의 혁신, 고도의 시적 언어 등으로 라틴아메리카 신소설의 선구가 되었다.
163 역주. '봄바카르타'는 예술과 문학과 창의성에 대한 워크샵, 수업, 모임 등을 기획하고 창의적 체험을 탐구하는 비영리 조직으로서, 수동적 학습의 고정된 장소의 개념이 아니라 인간관계망으로 이해된다. 예술에 대한 열정을 통해 우정을 기르는 법을 배우는 것을 목적으로 한다.

178

는 학생들이 『엘 시드』[164]를 공부하도록 하는 방식으로 했어야 했지요. 하지만 아이들은 그걸 좋아하지 않았어요. 애들이 가르시아 로르카García Lorca[165]의 작품을 읽게 해달라고 청하더군요. 그래서 저는 『엘 시드』는 집에서 공부하는 것으로 하고 수업 중에는 아이들이 더 좋아하는 작가들을 다루고자 했지요. 물론 젊은이들은 더 '자극적인' 문학작품들, 『불충실한 아내』[166] 같은 현대 작품들이나 페르난도 데 로하스Fernando de Rojas[167]의 『라 셀레스티나』 같은 고전들을 읽고 싶어 했습니다. 그 순간에 흥미를 끄는 이런 것들을 읽으면서 더 일반적으로 문학과 시에 대

---

164 역주. 카스티야 왕국의 군사 지도자인 민족 영웅으로 본명은 로드리고 디아스 데 비바르Rodrigo Díaz de Vivar(1043경~1099).

165 역주. 페르난도 가르시아 로르카(1898~1936)는 스페인 남부의 푸엔테바케로스에서 태어나, 스물두 살 때 『시집』을 발표한 뒤 시와 희곡, 음악과 미술 분야 등 예술 전반에 걸친 활동으로 명성을 얻었다. 1936년 스페인 내란 발발 직후 민족주의자들에게 암살당했다. 대표적인 시집으로는 『깊은 노래의 시』, 『집시 민요집』, 『이냐시오 산체스 메하아스를 애도하는 노래』 등이 있으며, 희곡으로는 『피의 결혼식』, 『예르마』, 『베르나르다 알바의 집』 등이 있다.

166 역주. 가르시아 로르카의 작품.

167 역주. 스페인의 톨레도에서 그리스도교로 개종한 유대인 집안에서 태어나 평생 변호사로 일하면서 쓴 단 한 편의 작품 『라 셀레스티나』의 저자(1470?~1541)로 이 작품은 돈키호테에 버금가는 작품으로 평가받는 스페인 중세문학의 걸작이다.

한 맛을 들이고 다른 저자들로 건너가더군요. 저에게는 커다란 체험이었지요. 제가 프로그램을 완성했지만 구조를 해체하는 방식으로 했습니다. 다시 말해 예상되는 바에 따라 순서대로 이루어지는 방식이 아니라 작가들의 책을 읽으면서 자연스럽게 떠오르는 순서에 따랐죠. 이 방식이 저에게는 대단히 잘 맞았어요. 저는 대체로 어디에 도달할 것인지를 알기만 하면, 경직된 방식으로 프로그램을 짜는 그런 것을 좋아하지 않거든요.

그래서 저는 학생들에게 글쓰기도 시키기 시작했어요. 마침내는 보르헤스에게 내 학생들이 쓴 두 개의 이야기를 읽게 하기로 결심했습니다. 그의 여비서를 제가 알고 있었는데 그분이 저의 피아노 선생님이셨거든요. 보르헤스는 그 작품들을 무척이나 좋아했어요. 그 단편소설들의 모음집에 도입부분을 써주겠다고 제안을 했지요."

"그렇다면, 교황님, 한 사람의 삶에 있어서 창의성은 중요한 것이로군요?" 하고 나는 물었다. 그는 웃으면서 이렇게 대답했다.

"예수회원에게 있어서는 지극히 중요하지요! 예수회원은 창의적이어야 해요."

변방과 작업실

그러니까 창의성은 예수회원에게 있어 중요한 것이다. 프란치스코 교황은 『치빌타 카톨리카』의 신부들과 협력자들을 맞이하면서 문화를 위한 예수회원들의 일에 중요한 다른 세 가지 특징들을 하나하나 짚었었다. 2013년 6월 14일 그날의 기억으로 돌아가서 나는 그때 우리 그룹 전원과의 만남 전에 이루어진 예비 대담에서 그가 나에게 세 요소를, 곧 대화, 식별, 변방을 미리 알려주었던 것을 기억했다. 그리고 특별히 마지막 요소를 강조하면서, 바오로 6세가 어떤 유명한 연설에서 예수회원들에 대해 했던 다음과 같은 말을 인용했었다. "교회 안의 어디에나, 또한 가장 어려운 분야들과 막다른 곳과 이데올로기들이 엇갈리는 교차로와 사회적 참호塹壕 어디에나, 인간의 화급한 요구들과 복음의 항구한 메시지 사이의 대조가 있어왔고 지금도 있는 곳이라면 어디에나 예수회원들이 존재해왔고 지금도 존재합니다."

나는 프란치스코 교황에게 좀 더 분명히 해주도록 이렇게 요청했다.

"성하께서는 저희에게 '변방을 길들이려는 유혹'에 빠

지지 않도록 주의하라고 하셨습니다. '곧 변방을 향해서 가야 하는 것이지, 변방에 니스 칠을 좀 해서 길들이려고 집으로 변방을 가져와서는 안 된다'는 것이었지요. 무엇을 두고 하신 말씀이었는지요? 저희에게 정확히 무슨 말씀을 하시려는 의도이셨는지요? 이 인터뷰는 예수회가 운영하는 잡지들이 모여 동의한 바에 따른 것입니다. 그들에게 어떤 권고를 표현하고 싶으신지요? 어떤 것들이 그들에게 우선적인 것들인지요?"

"제가 『치빌타 카톨리카』에게 했던 세 개의 핵심 단어가 예수회의 모든 잡지들로 확장될 수 있습니다. 그 잡지들의 성격과 목표에 따라 강조점은 좀 달라지기도 하겠지만요. 제가 변방을 강조할 때 저는 특별히 인간에게는 자신이 활동하는 상황의 맥락, 숙고하는 그 맥락 안에 문화를 자리 잡게 할 필요가 있다는 것을 가리킵니다. 작업실 안에서 살아갈 위험이 항상 잠복해 있지요. 우리의 신앙은 작업실 신앙이 아니고 길을 걸어가는 신앙이요, 역사적 신앙입니다. 하느님은 추상적 진리의 개요概要가 아니라 역사로 드러나신 분이지요. 저는 작업실을 두려워하는데, 작업실에서는 문제들을 취하여 그 문제들이 자리한 상황에서 벗어나게 해서 그것들을 길들이고 니스 칠을 하려고 자기 집으로 가져가기 때문이에요. 변방을 집으로 가져가면 안 되고 변방에서 살아야 하며 대담해야 합니다."

나는 교황에게 자신의 개인적 체험에 기초한 어떤 예를 들 수 있는지 물었다. "사회문제에 대해서 말할 때 '빌라 미제리아'[168]에 존재하는 마약 문제를 연구하기 위해 모이는 것과 거기에 가서 그곳에 살면서 그 안으로부터 문제를 이해하고 그 문제를 연구하는 것은 별개의 것입니다.

아루페 신부님이 가난에 대해 '투자와 사회적 행동 센터'CIAS에 보낸 대단히 훌륭한 편지가 하나 있는데 그 편지에서 그분은 사람들이 사는 곳에 직접적으로 끼어들어가 가난을 체험하지 않고는 가난에 대해 말할 수 없다고 분명하게 말합니다. '끼어들어감'이라는 이 단어는 위험하지요. 일부 수도자들은 이를 마치 하나의 유행처럼 받아들여서 식별 부족으로 엄청난 일들이 벌어졌지요. 하

---

168 역주. '빈곤의 저택'villa miseria이라는 의미를 지닌 이 단어는 임시 주택들로 이루어진 아르헨티나의 비공식적 주거 형태를 가리키는데, 베르나르도 베르비츠키Bernardo Verbitsky의 소설 『미국도 빈곤의 저택이다』에서 나온 표현이다.

지만 그것은 참으로 중요합니다.

변방은 많습니다. 병원에 사는 수녀들을 생각해봅시다. 그 수녀들은 변방에 사는 거예요. 저는 그 수녀들 중한 사람 덕에 살고 있습니다. 제가 폐에 문제가 있어 병원에 있었을 때 의사는 저에게 일정량의 페니실린과 스트렙토마이신을 주었어요. 그런데 그 과의 담당수녀는그 약의 양을 세 배로 늘렸습니다. 직관력이 있어서 어떻게 해야 하는지를 알았던 거지요. 하루 종일 병자들과함께 있었으니까요. 의사는 능력 있는 사람이었지만 자기 연구실에서 살았고, 수녀는 변방에 살면서 매일 변방의 상황과 대화를 했던 겁니다. 변방을 길들인다는 것은거리를 둔 위치에서 말하고, 연구실에, 작업실 안에 문을닫고 들어앉아 있는 것을 의미합니다. 연구실은 유용한것이지만, 우리에게 있어 성찰은 언제나 경험에서 시작되어야 합니다."

인간이 어떻게 자신을 이해할 것인지

그래서 나는 교황에게 인간학적 도전의 변방이라고 하

는 중요한 문화적 변방에도 이것이 해당되는지, 어떤 식으로 해당되는지를 물었다. 교회가 전통적으로 준거해온 인간학과 이를 표현해온 언어는 견고한 준거이자, 지혜와 수 세기에 걸친 경험의 열매로 남아 있다. 그러나 교회가 상대하는 인간은 더 이상 그것들을 이해하거나 충분한 것으로 간주하는 것 같지 않다. 인간은 과거와는 다른 방식으로 다른 범주로써 자신을 해석하고 있다는 사실에 대해 나는 생각하기 시작했다. 이는 사회 안에서 이루어진 커다란 변화들과 자기 자신에 대한 더 광범위한 연구 때문이기도 하다……

이 대목에서 교황은 일어서더니 책상으로 가서 성무일도서를 집어 들었다. 오래 사용해서 이제는 낡은 라틴어 성무일도서였다. 그는 연중 제27주간의 평일 주간 제6일, 다시 말해 금요일의 '독서의 기도'를 폈다. 레랑스의 성 빈첸시오 『제1훈계서』에서 발췌한 한 대목을 나에게 읽어주었다.

"그리스도교의 교의 역시 이 법칙을 따라야 합니다. 세월과 함께 견고해지고, 시간과 함께 발전하며, 연륜과 함께 깊어지면서 진보하는 것입니다."

그렇게 교황은 계속해서 말했다.

"레랑스의 성 빈첸시오는 인간의 생물학적 발전과 한 시대에서 다른 시대로 이어지는 '신앙의 유산'depositum fidei[169]의 전달 사이의 관계를 비유로 말합니다. 이 신앙의 유산은 세월이 가면서 자라나고 견고해집니다. 그러니 인간의 이해는 시간과 함께 변합니다. 인간의 양심 역시 그렇게 깊어지고요. 노예제도가 받아들여지던 때나 사형 제도가 아무 문제도 없이 받아들여지던 때를 생각해봅시다. 결국 진리에 대한 이해는 성장하는 것입니다. 주석학 자들과 신학자들은 교회가 자신의 판단을 성숙시켜가도 록 도와줍니다. 다른 학문들과 그 발전도 교회의 이해가 이렇게 성장하도록 돕지요. 전에는 효과적이었지만 이제 는 그 가치나 의미를 잃어버린 교회적 규범과 규칙들이 있습니다. 교회의 교리를 마치 한 덩어리로만 이루어져 음영陰影의 여지가 없이 그저 옹호해야만 하는 어떤 것으 로 보는 것은 잘못된 것입니다.

어쨌건 모든 시대에 인간은 자신을 더 잘 이해하고 표

---

169 역주. 가톨릭 교회가, 성전과 성경에 담겨 사도들을 통하여 전체 교회 에 맡겨졌다고 믿는 신앙의 원천적 내용(「가톨릭 교회 교리서」 84항 참 조)으로서 교회는 이를 충실히 지킬 사명이 있다.

현하고자 합니다. 결국 사람은 시간이 가면서 자신을 지각하는 방식을 바꾸지요. 곧「사모트라케의 니케」[170]를 조각하면서 자신을 표현하는 사람, 카라바죠의 자기표현, 샤갈의 자기표현은 별개의 것이며, 달리Dalí[171]의 자기표현은 또 다른 것입니다. 진리의 표현 형태도 역시 여러 가지일 수 있으며, 복음의 메시지를 그 불변하는 의미로 전달하기 위해서는 오히려 그런 다양한 방식이 필요하지요.

인간은 자기 자신을 추구합니다. 물론 이 추구에서 오류를 범할 수 있어요. 교회는 천재적인 탁월성의 시기를 살아왔습니다. 예컨대 토미즘[172]의 시대처럼요. 하지만 사상이 쇠퇴하던 시기도 살아왔어요. 그 예로서, 우리는 토미즘의 탁월성과 쇠락하는 토미즘을 혼동해서는 안 됩

---

170 역주. 니케Nike는 그리스 신화에서 승리의 여신으로서 거인 팔라스와 암흑의 강 스틱스의 딸이다. 로마에서는 '빅토리아'라고 불렸다. 「사모트라케의 니케」는 1863년 사모트라케 섬에서 발견되어 현재 파리 루브르 박물관에 있는데, 해전을 기념하기 위해 BC 203년쯤 로도스 사람들이 만든 조각상으로 추정된다.

171 역주. 살바도르 달리Salvador Dalí(1904~1989)는 스페인의 초현실주의 화가이자 판화가, 영화 제작가이다.

172 역주. 토미즘은 성 토마스 아퀴나스Thomas Aquinas(1224~1274)에 의하여 세워진 철학과 신학의 체계를 말한다. 또한 14세기 이후부터 현재에 이르기까지 토마스의 학설이나 그의 근본사상을 척도로 삼아 발전시켜 나아가는 철학과 신학의 체계나 학파를 가리키기도 한다.

니다. 저는 아쉽게도 철학을 쇠락하는 토미즘의 교본들로 배웠지요. 결국 인간을 생각함에 있어 교회는 쇠락이 아니라 탁월함을 향해야 할 것입니다.

사상의 어떤 표현이 정당하지 않을 때는 언제일까요? 사상이 인간에 대한 시각을 상실할 때나 심지어는 인간적인 것을 두려워하거나 자신에 대해 속아 넘어갈 때이지요. 속아 넘어간 사상은 사이렌[173]의 노래 앞에서의 율리시스[174]나, 야단법석을 피우는 향연에서 사티로스들[175]과 바칸테스들[176]에 둘러싸인 탄호이저로, 혹은 바그너의 오페라 제2막에서 클링소르[177]의 왕궁에 있는 파르지팔로

---

173 역주. 지중해 연안에 사는 바다요정들로 배가 지나가면 사이렌들은 아주 매혹적인 노래를 불렀고, 선원들이 그 소리에 홀려 물에 뛰어들어 죽었다고 한다.

174 역주. 그리스 신화에 나오는 영웅 오디세우스의 라틴어 이름. 이타카의 왕이며 페넬로페의 남편으로 해상의 모험을 거쳐 20년 후에 고향에 돌아가는 길에 사이렌들이 있는 곳을 지나게 되었는데, 그 유혹을 알고 있던 그는 자신을 밧줄로 돛대에 묶게 했고, 선원들에게는 귀를 밀랍으로 봉하라고 하여 유혹을 이겨냈다고 한다.

175 역주. 그리스 신화에 나오는 반인반수의 호색가요 애주가로 디오니소스의 시종. 로마신화의 파우누스이다.

176 역주. 로마신화의 바코스(그리스 신화의 디오니소스) 신의 제사를 지내는 무녀들.

177 역주. 바그너의 오페라 「파르지팔」에 나오는 사악한 마술사.

묘사될 수 있습니다. 교회의 사상은 탁월함을 회복해야 하며, 자신의 가르침을 발전시키고 심화하기 위해 오늘날 인간이 자신을 어떻게 이해하는지를 늘 더 잘 알도록 해야 합니다."

우리는 창의적이어야 한다 ──────

교황이 푸치니의 「투란도트」의 첫 번째 수수께끼를 인용하면서 희망을 설명할 때 나는 허를 찔린 느낌이었다. 내가 이해를 잘했는지조차도 확신이 서지 않아서 방금 말하기 시작한 내용을 다시 한 번 말해달라고 청했다. 그 순간 나는 한 가지 사실을 깨달았는데, 다음 순간에 그것을 확인받았다. 베르골리오는 단지 문화적 소양이 풍부한 사람일 뿐 아니라 예술과 창의적 표현을 자신의 영성과 사목의 필수적 차원으로 살아가는 사람이라는 것이었다. 그가 교황으로서 말할 때 서론이나 설명 없이 지나가면서 어떤 인용을 하는 것을 들을 적이 이미 여러 차례였다. 예를 들어서 2013년 7월 31일 예수 성당에서 성 이냐시오의 축일에 예수회원들에게 한 강론 중 호세 마리아 페만의 『디비노 임파시엔테』[178]를 인용한 경우이다.

─────────────

178 역주. 성 프란치스코 하비에르의 생애를 다룬 작품. 교황은 이 강론에서 인생의 황혼기에 중국 땅을 바라보는 성 하비에르에 대해 말하면서 이 작품을 언급했다.

또 이 인터뷰 중에 "거룩함의 중류층"에 대해 말하고자 말레그를 언급한 것도 그렇다. 베르골리오에게 있어서 예술은 삶과 삶에 대한 이야기에서 필수적인 부분이다. 따로 떨어진 별개의 세상, 교양 있고 학식 있으며 고상한 세상이 아닌 것이다. 철저하게 "대중적"인 그의 시각은 예술작품에도 해당된다. 내가 아는 한 그는 예술작품에 대해 삶에서 분리된 이야기를 한 적이 없다.

그러니까 예술은 인간과 영성, 사목과 교회의 사명에 대한 이야기 안에서 고려되어야 하는 것이다. 특히 문학은 말을 삶과 대조하도록 가르쳐준다. 이에 대해서는 인터뷰 중에 나온 『약혼자들』에 대한 언급을 주목하는 것이 도움이 된다. 교황은 성령강림절 전야에 교회의 운동 단체들을 만나 "말을 많이 하지 말고 삶 전체로써 말하세요." 하고 말할 때, 그는 인터뷰를 하던 그 순간에 책상에 놓아두었던 이 소설에 대해서 암시적으로 인용했던 것이다. 특히 여기에서는 그가 가장 좋아하는 부분, 곧 무명인無名人의 회개에 대한 부분을 말하고 있는데, 이 부분에는 이렇게 씌어 있다. "삶은 말의 시금석이다." 요점은 바로 이것이다. 삶이 말의 시금석이라는 것. 소설에서는 페데리고 보로메오에 대해 말하는데, 그를 위해 만초니는 "사람은 섬김에서가 아니면 다른 사람들에 대한 정당한 우월성이란 없다." 무명인과의 만남에서 페데리고 추기경이라는 인물을 묘사하는 『약혼자들』의 이 부분은 베르골리오적 시각의 요소들을 재발견하기 위해 더 깊이 들여다보아야 할 것이다. 바오로 6세 역시 1968년 10월 9일 일반 알현에서 그 인물을 언급했다는 것을 고려하자.

인터뷰 중 이 사실을 나에게 확신시켰던 또 다른 순간은 진리의 표현 형태는 다양할 수 있다고, 더 나아가서, 인간은 시간이 가면서 자기 자신을 파악하는 방식이 변한다고 말했을 때였다. 베르골리오는 인간학적 변화에 대해 더 세련된 명상에 의지하지 않고, 그저 사모트라케의 니케를 제작한 사람의 헬레니즘적 표상과 카라바죠의 화폭에서 발견되는 표상의 형태는 서로 다른 별개의 것이고, 더구나 달리의 초현실주의 표상은 그와는 또 다른 것이라고 말한다.

그와 같이 또한 인간을 속이는 사상에 대해 말하고자, 그리고 교회가 삶과 인간 체험의 이해에 있어 "탁월함"을 회복할 필요가 있음을 말하고자 율리시스, 탄호이저, 파르지팔 등을 언급한 것은 예술에 대한 그의 관계를 이해하는 데 대단히 유익하다. 교황이 이렇게 불모不毛의 사상이 지닌 쇠락에 대조시키면서 탁월성을 상기시키는 것을 나는 비범하게 여긴다.

나는 또 교황이 글라라 하스킬이 연주한 모차르트를 좋아한다고 말할 때도 아주 강한 인상을 받았다.

"모차르트는 저를 가득 채우지요. 전 그를 생각할 수가 없고 그를 느껴야 해요." 하고 그는 묵상하는 어조로 말했다. 이 짧은 말에는 "느끼다"와 "생각하다"를 구별하는 미학적 사용에 대한 개념이 온전히 들어 있다. 예술가는 그를 "생각할" 때가 아니라 "느낄" 때 맛을 들이는 것이다. 느끼는 것이 생각하는 것을 배제한다는 것은 아니다. 하지만 느끼는 것이 아주 강력하고 풍요롭고 흡입력이 있어서 그 예술가에 대한 이론적 분석을 무한히 능가할 수가 있는 것이다. 2005년에 베르골리오는 이렇게 썼었다. "지혜는 지식에서 멈추지 않는다. '안다는 것'은 맛 들이는 것을 의미하기도 한다. 지식을 '아는 것'이고…… 맛 역시 아는 것이다."[179]

이런 종류의 베르골리오적 미학의 스케치 뒤에는 이냐시오의 『영신 수련』의 한 구절이 있음을 이해할 필요가

---

[179] 호르헤 마리오 베르골리오, 『생명을 선택하기』*Scegliere la vita*, p. 64.

있는데, 바로 그 서두에서 이렇게 말한다. "우리 영혼을 가득 채우고 만족시키는 것은, 많이 아는 데 있지 않고 어떤 것을 내적으로 느끼고 맛 들이는 데 있다."(『영신 수련』 2) 베르골리오에게 있어서 "느끼기"는 항상 사람의 영혼 안에, 삶 안에 하느님이 이런저런 방식으로 드러나시는 것과 관계가 있다. 이는 이냐시오의 사상이며, 프란치스 코 교황이 아주 좋아하는 베드로 파브르의 사상이다.

❉ ❉ ❉

교황이 좋아하는 예술가들이나 그에게 흔적을 남긴 작 품들을 길게 말할 자리는 아니지만 그에게 있어 변치 않 은 상시적常時的 요소는 비극적인 것에 대한 감성인 것 같 다. 아무튼 인터뷰 동안에 나에게 그것을 여러 번 되풀 이해서 말했다. 하지만 엘리트적이고 우아한 비극성이 아니라 "대중적" 비극성이다. 세르반테스에게서 가져온 "고전" 작품에 대한 다음과 같은 정의를 자기 것으로 삼 을 정도로 말이다.

"어린이들은 그것을 손안에 가지고 있고, 젊은이들은 그것을 읽으며, 어른들은 그것을 이해하고, 노인들은 그것을 두고 찬양한다."

"고전" 작품은 세련된 전문가들의 작은 집단의 작품이 아니라 모두가 어떤 식으론가 자기 것으로 느낄 수 있는 작품인 것이다.

신사실주의新寫實主義에 대한 열정은 이렇게 대중과 결속된 예술이라는 시각 안에 자리 잡아야 할 것이다. 베르골리오가 스스로 인정하듯이, 비록 전혀 걸작이 아니라 해도, 그가 좋아하는 작품에 대한 관심도 그렇게 대중과 결속되어 있다. 곧 1872년에 호세 에르난데스Jose Hernandez가 쓴 아르헨티나의 서사시 『마르틴 피에로』가 그것인데 이 작품은 "푸에르토Puerto[180]의 상인, 해안지역의 '가우쵸gaucho'[181], 북부의 목동, 동북부의 장인匠人들, 토착민과 이주민, 그들 중 아무도 다른 사람을 땅에서 내쫓고 자기가 모든 것을 가지기를 바라지 않는 한"[182] 모든 사람이 자신의 자리를 찾을 수 있는 그런 사회에 대한 열망을 형상화한다. 그가 이를 강조하는 것은 에르난데스의 동시대

---

180 역주. 부에노스아이레스의 옛 명칭.
181 역주. 아르헨티나, 우루과이 등 남미의 카우보이.
182 호르헤 마리오 베르골리오, 『시민으로서의 우리』*Noi come cittadini*, p. 40 이하.

인인 월트 휘트먼Walt Whitman[183]의 민주적 · 대중적 낭만주의를 상기시키는데, 휘트먼은 다코타의 목수와 캘리포니아의 광부鑛夫, 기능공과 벽돌공, 뱃사공과 구두 수선공을 등장시킨다.[184]

아무튼 베르골리오적 미학의 대중적 역학이 어떻게 사목적 · 교회적 비전의 역학과 같은지를 주목하는 것은 흥미롭다. 예술은 문화적이고 표현이 풍부한 역학들을 실험하는 "실험실"이 아니다. 오히려 역사의 흐름을 이루는 한 부분이요, 지상에서 인간이 걸어가는 여정의 한 부분이다. 혹시 앞서가는 경계적境界的 영역일지는 몰라도 엘리트적 동아리는 아니다. 창의적이고 천재적일 필요가 있다고 교황은 주장한다. 하지만 창의성과 천재성은 고립되어 있지 않다. 예술을 창조하고 아름다움을 가꾸는 것은 개인이 아니라 공동체의 자산이다.[185]

---

183 역주. 미국의 시인, 수필가(1819~1892). 초월주의에서 사실주의로의 과도기를 대표하는 인물의 하나로 미국 문학에서 가장 영향력 있는 작가 중 하나이다. 대표작은 『풀잎』.

184 호르헤 마리오 베르골리오, 『시민으로서의 우리』*Noi come cittadini*, pp. 47~39.

185 호르헤 마리오 베르골리오, 『신앙의 토착화로서의 대중적 종교성』 *Religiosidad popular como inculturación de la fe*, 2008년 1월 19일, 참조.

미학적 체험에 대한 이러한 시각은 교황이 이 인터뷰
에서 말하는 바대로 그가 문학을 가르치던 때에 많은 도
움이 되었다. 베르골리오는 1964~1965년에 산타 페라
는 아르헨티나의 도시에 자리한 원죄 없으신 성모 꼴레
지오의 문학과 심리학 교사였다. 그는 그때 28세였다.

그의 학생들은 그를 '카루챠*carucha*'라고 불렀는데, "멋
진 얼굴", "천사의 얼굴"이라고나 할 수 있을 것이다. 하
지만 그 뒷면에는 자신들에게서 최선의 것을 끄집어내려
하는 체계적 스타일의 사람이 숨어 있다는 것을 인정하
고 있었다. 열성적이었던 그 시기의 제자들을 기억하면
서 베르골리오는 2005년에 이렇게 썼다. "그들은 인문
계 고등학교 4학년과 5학년의 문학과 심리학 과목의 내
학생들이었는데, 활발하고 창의적인 아이들이었다. 내가
그 아이들에게 요구한 문예창작 훈련은 단편소설을 쓰는
것이었다. 이야기를 풀어나가는 그들의 능력이 인상적이
었다. 나는 그들이 쓴 이야기들 중 몇 편을 골라 보르헤
스에게 보여주었다. 그 역시 감동을 받았고 그 글들을 출
판하도록 독려해주었다. 더구나 그는 자기 손으로 직접
서문을 써주었다. 어쩌면 어린 천재들이었다고 말할 수
있을까? 거창하게 말하지는 않으련다. 이것 하나는 확실

한데, 그 아이들은 보통의 아이들이었다." 그리고 이렇게 마친다. "그들의 삶이 각자의 개인적 역사를 넘어선 역사를 이루어가기를 바라는 내 소망도 표현하고 싶다. 창의적 여정에서 많은 젊은이들에게 영감을 주면서 집단으로서 역사를 만드는 것이다."[186]

이 젊은이들이 왜, 어떻게 그토록 열정적인 방식으로 창의적 글쓰기에 열려 있었을까? 내가 믿기로는 무엇보다 우선 젊은 교사 베르골리오가 시詩는 인간의 존엄성과 위대함의 "증거"라고 확신하고 있었기 때문이다. 그가 세르지오 루빈과 프란체스카 암브로제티와의 인터뷰 중에 다음과 같이 분명하게 말했듯이.

"인간은 계속해서 이타적인 행동들을 하고, 아주 아름다운 것들을 쓰며, 시를 짓고, 그림을 그리며, 새로운 기술을 발명하고 학문을 발전시키지요."[187]

그는 틀림없이 자기 학생들에게 이를 전달했을 것이다.

---

[186] 이 글은 2013년 5월 16일 아메리카의 땅이라는 사이트(www. terredamerica.com)에서 「베르골리오, 보르헤스, 그리고 어떤 놀라운 일」이라는 제목으로 이탈리아어로 번역되었다.

[187] 호르헤 마리오 베르골리오, 『교황 프란치스코. 새 교황이 자신에 대해 말하다』Papa Francesco. Il nuovo Papa si racconta, p. 157.

베르골리오의 교육적 체험에서 우리는 또한 본인이 인정하듯이 "위험하긴" 하지만 흥미로운 기준을 하나 발견하는데, 이에 대해 생각해볼 만하다. 그의 아이들은 고전을 공부하고 싶지 않아서 자기네 감수성에 더 가깝고 호기심에도 더 끌리는 작가들의 작품을 읽게 해달라고 청했다. 젊은 교사 베르골리오는 풍차에 맞서 싸우고 있음을 깨달았다. 마침내 그는 그들의 즉각적인 취향을 통과해야만 이 아이들이 작문과 문학의 세계로 들어가는 것을 도울 수 있으리라고 판단한다. 그래서 그렇게 했다. 베르골리오는 너무 경직된 프로그램을 따르지 않는 자신의 성향을 따랐다. 특히 그들에게 글을 쓰게 함으로써 그들이 쓰기의 체험을 안으로부터 이해하게 할 수 있으리라는 것을 알게 되었다. 그의 젊은이들은 글을 쓰기 시작했고 그들의 글을 보르헤스가 읽었으며 그들은 그와 긴밀한 관계를 맺게 되었다. 여기 제시된 이 일은 사목과 교회의 사명에서도 베르골리오를 인도하는 몇 가지 원리의 성공적인 적용사례이다. 그 원리들은 곧 상황의 맥락에 대한 정확한 감지, 상대하는 사람들과 그들의 필요에 주의를 기울이기, 그들을 동반하고 그들을 능동적인 주체, 곧 주역主役이 되게 할 필요성이다.

✢✢✢

우리의 담화 중에 교황은 또 2011년부터 내가 책임 맡고 있는 잡지 『치빌타 카톨리카』La Civiltà Cattolica에 대해서도 여러 차례 언급했다. 이 잡지는 간행이 중단된 적이 없는 이탈리아의 잡지들 중 가장 오래된 문화잡지이다. 예수회원들만이 글을 쓰는 잡지로 교황 및 교황청과 특별히 조화로운 관계를 유지하고 있다. 우리는 2013년 6월 14일 그의 교황 선출 3개월 후 우리에게 허락했던 알현을 함께 기억했다. 그 기회에 그는 우리에게 계속해나가는 방법과 우리의 문화 사도직을 어떻게 설정할 것인가에 대해 우리에게 몇 가지 꼼꼼한 지침을 제시해주었었다. 그는 그것을 세 단어로 요약했는데, 대화, 식별, 변방이 그것이다. 우리의 대담에서 그는 그 세 단어를 다시 언급하고 예수회의 모든 잡지로 그 유효성을 확장하였다. 실제로 내가 받은 인상은 이 세 개의 단어가 그에게는 그리스도인들이 하는 모든 문화 사도직에서 "열쇠"가 된다는 것이다.

첫 번째 단어는 '대화'였다. 대화는 오로지 자기 앞에 있는 사람이 뭔가 말할 것이 있고, 그것이 좋은 것이라고 인정할 때만 의미가 있다. 상대주의에 빠지는 일 없이, 사람들만이 아니라 문화적·사회적·정치적 제도들도 견지하는 다른 관점들에 자리를 마련해줄 필요가 있는데, 이는 그 다른 관점들이 가진 이유를 그 안으로부터 이해하기 위해서이다. 우리 잡지와 같은 문화잡지들의 과제는 결국 단순한 호교론護敎論일 수는 없고, 문화적·정치적·사회적 논의의 깊은 이유들을 이해하려는 노력을 포함해야 하는 것이다. 이해하지 않고는 숙고할 수도 없고 다른 사람들을, 곧 독자들이 이해하도록 도와줄 수도 없다. 우리 시대에는 자기 입장을 갖는다는 것이 흔히는, 무엇보다 우선, 자기와 생각이 다른 사람을 합당하지 못한 것으로 만들어버리는 것을 의미하는데, 이런 시대에 교황의 권고는 진지하고 효과적인 문화적 임무를 위해 대단히 긴급하고 정당한 것으로 드러난다.

두 번째 단어는 '식별'이었다. 어떤 문화적 기획은 세상의 심장이 뛰는 것을 듣기 위하여, 그 열망과 기대와 좌절을 알아보기 위하여, 또한 하느님의 활동적인 현존을 알아보기 위해서도 그 세상 안에 잠겨 들어야 한다. 3월 16일 선출 3일 후에 교황은 미디어 종사자들에게 이렇게 말했다.

"여러분은 우리 시대의 기대와 필요를 모으고 표현할 능력이 있고 현실을 읽어내기 위한 요소를 제공할 능력이 있습니다."

특별히 『치빌타 카톨리카』의 우리에게는 이렇게 요청했다.

"겸손하고 열린 지성으로 로욜라의 이냐시오가 쓴 것처럼 '모든 것 안에서 하느님을 찾고 발견하십시오.' 하느님은 각 사람의 삶과 문화 안에서 활동하십니다. 성령께서는 불고 싶으신 곳으로 부십니다. 하느님께서 이루신 일을, 그리고 그분이 당신 일을 어떻게 계속하실 것인지를 발견하도록 노력하십시오."

세 번째 단어는 '변방'이었다. 편집부의 다른 예수회원들과 함께 만나기 전의 알현에서 교황은, 특히 변방을 "길들이려는" 유혹에 빠지지 말도록 우리에게 권고할 것이라고 나에게 미리 알려주었다. 그런 다음 "곧 변방을 향해서 가야 하는 것이지, 변방에 니스 칠을 좀 해서 길들이려고 집으로 변방을 가져오지 말라."라고 우리에게 말했다. 교회는 모든 인간 현실과, 자신에게서 가장 먼 현실과도, 실제로 접촉하기 위하여 변방에 살도록 부름받았다. 목표는 변방의 합병이 아니라 어려운 경계지역에 사는 우리의 능력과 "머나먼", 그리고 아직 복음의 말씀이 도달하지 못한 문화적·사회적 현실과의 접촉으로 들어가는 능력이다.

우리 인터뷰의 대담에서 그는 더 나아가 문화 분야의 일을 하는 사람도 "작업실"의 역학을 살 수 없다는 사실을 주장했다. 교황은 작업실들 안에서는 문제들을 그 환경적 맥락에서 살지 못하고 문제들이 현실에서 분리되어 길들여지기 때문에 작업실을 염려한다. 그에게 있어 연구실과 숙고는 현장으로 직접 끼어들어가는 것과 연구와 숙고의 대상인 문화적 역학에 직접 참여하는 것을 전제하지 않고는 정당한 것일 수 없다. 그러니까, 체험이 없는 숙고는 없는 것이다.

V

기도하기

나는 교황에게 마지막으로 그가 좋아하는 기도 방법에 대해 질문을 했다.

"매일 아침 성무일도의 기도를 합니다. 저는 시편詩篇으로 기도하기를 좋아해요. 그리고 이어서 미사를 드리지요. 묵주기도를 합니다. 제가 정말 좋아하는 것은 저녁에 하는 성체조배聖體朝拜[188]이지요. 분심分心을 하고 다른

---

[188] 역주. 성당 안 특별한 장소에 보존된 성체 앞에서 마음으로 흠숭欽崇을 바치는 행위를 말한다. 예수의 명령에 따라 미사 때 축성하는 빵과 포도주의 형태 안에 살아 계신 온전한 예수 그리스도가 참으로, 실재로, 실체적實體的으로 현존한다는 가톨릭 교회의 교리에 따라 실제로 예수 그리스도 자신인 그 축성된 빵과 포도주를 성체요 성혈이라고 한다.

생각을 하거나 심지어는 기도하면서 잠이 들 때도요. 저녁에, 그러니까 일곱 시에서 여덟 시 사이에 한 시간 동안 성체 앞에 머뭅니다. 또 치과에서 기다릴 때나 하루 중 다른 순간들에도 마음으로 기도하지요.

저에게 기도는 항상 기억과 기념으로 가득 찬 '기억의'[189] 기도입니다. 제 역사歷史의 기억이기도 하고, 또는 주님께서 당신 교회나 특정 본당 안에서 하신 일에 대한 기억이기도 하지요. 저에게는 『영신 수련』 제1주간에 십자가에 달리신 그리스도와의 자비로운 만남에서 성 이냐시오가 말하는 기억이지요. 그리고 저에게 묻습니다. '나는 그리스도를 위해서 무엇을 했는가? 나는 그리스도를 위해서 무엇을 하고 있는가? 나는 그리스도를 위해서 무엇을 해야 하는가?' 이는 이냐시오가 '사랑을 얻기 위한 관상'에서도 받은 은혜들을 기억하라고 할 때 언급하는 그 기억입니다. 하지만 무엇보다 저는 주님께서 저를 기억하신다는 것을 압니다. 제가 그분을 잊어버릴 수는 있지만, 그분은 결코, 결코 저를 잊지 않으신다는 것을

---

189 역주. 교황은 사전에는 없지만 '기억하는 행위를 통한'이라는 의미로 memoriosa라는 단어를 만들어 쓴다.

저는 알아요. 기억은 철저히 예수회원의 마음의 토대를 이룹니다. 은총의 기억, 성경의 신명기申命記에서 말하는 기억, 하느님과 당신 백성 사이에 이루어진 계약의 바탕에 있는 기억이지요. 저를 아들이 되게 하고 또한 아버지가 되게 하기도 하는 것은 바로 이 기억입니다."

***

나는 이 대화를 계속 길게 이어가고 싶은 심정이었다. 하지만 교황이 언젠가 말했듯이 "한계를 함부로 취급"해서는 안 된다는 것을 알았다. 우리는 8월 19일, 23일, 29일, 이렇게 세 번의 약속시간 동안 모두 여섯 시간 이상을 대화했다. 나는 그 연속성을 잃지 않기 위해 여기서는 매번 끊어지는 부분들을 표시하지 않고 이야기를 구성하는 쪽을 선택했다. 우리의 이야기는 실제로 인터뷰라기보다는 하나의 담소였다. 질문들은 미리 규정된 딱딱한 틀 안으로 담화를 위축시키지 않고 배경과 같은 역할을 했다. 언어에서도 우리는 이탈리아어와 스페인어 사이를 물 흐르듯이 왔다 갔다 했는데, 다른 언어로 건너가는 것을 종종 지각하지도 못했다. 기계적인 것은

아무것도 없었고 답변은, 대화와 이성적 숙고 안에서 나
왔는데, 이 숙고를 나는 이 책에서 요약해서 드러내고자
했고 그렇게 할 수 있었다.

토대: 기도

나는 우리의 대화 전체의 주추가 되는 하나의 주제를 대면한 채 교황과 작별했다. 그것은 기도였다. 우리의 담화 전체를 통해서 나는 하느님 안에 잠겨 있는 한 사람, 깊은 평화를 누리는 능력이 있는 사람과 말하고 있다는 느낌을 받았다. 이는 교황의 열정에서 아무것도 빼앗지 않고 오히려 그 열정에 농도와 방향을 부여하면서 그것의 토대가 되어준다. 베르골리오는 동시에 화산 같기도 하고 평온하기도 하다. 이러한 내적 상태는 기도 안에 그 뿌리를 두고 있다는 것을 나는 감지했다. 2007년에 기도에 대해 자신의 사제들에게 보낸 편지에서 그는 이렇게 쓴 적이 있다. 우리는 "우리의 양심과 잘 지내기 위해서나 순전히 미학적인 내적 조화를 누리기 위해서 기도하지는 않습니다. 우리는 기도할 때 우리의 백성을 위해 투쟁하는 것입니다."[190] 이것이 어느 정도는 이스라엘이 르

---

190 호르헤 마리오 베르골리오, 『오직 사랑만이 우리를 구원할 수 있다』

피딤에서 아멜렉 족에 맞서 싸울 때 모세가 했던 것이다. 하늘을 향해 손을 쳐들고 기도하면서 싸우는 것이다(탈출기 17,8-13). 관상과 활동은, 로욜라의 이냐시오가 원하던 대로, '관상적 활동 안에서' 서로 관통한다.

그의 기도의 근본적인 요소들은 단순하다. 그는 "보통"이라고 말할 것이다. 그것들은 그 어떤 사제의 기도에도 있는 요소들이다. 오래 써서 이미 낡은 라틴어 성무일도서를 가지고 기도하고 "마음으로", 곧 침묵 속에 하느님과의 내적 대화 안에서 기도한다. 삶을, 그리고 삶의 순간들을 동반하는 기도를 좋아한다. 때로는 졸기도 하면서 하는 침묵 속의 성체조배를 좋아하듯이. 오래전부터 그의 삶의 한 부분이 된 이 침묵 속의 성체조배에 대해 전에 더 길게 말한 적이 있다. "저는 마치 다른 사람의 손안에 들어 있는 것처럼, 마치 하느님께서 저의 손을 잡고 계신 것처럼 느낍니다."[191] "치과에서 기다릴 때" 기도한다고 말한 사실이 나에게는 아주 인상적이었다. "기

Solo l'amore ci può salvare, Libreria Editrice Vaticana, Città del Vaticano 2013, p. 134.

191 호르헤 마리오 베르골리오, 『교황 프란치스코. 새 교황이 자신에 대해 말하다』*Papa Francesco. Il nuovo Papa si racconta*, p. 48.

다리던"이라고 말하지 않고 "기다리는"이라는 현재형으로 그는 말했다. 나는 혼자 속으로 웃었다. 교황은 아직 줄을 서서 기다리는 일이 없는 삶이라는 생각에 익숙하지 않은 것이다. 물론 나에게 인상적이었던 것은 일상의 삶으로 열린 이 작은 창문이었다.

교황 프란치스코의 기도는 바로 평범한 일상이 그 환경이며, 그 전형적인 특성은 그 자신이 신조어를 써서 말하듯이 "기억의" 기도라는 것이다. 베르골리오는 체험과 역사를, 자기가 살았던 삶과 다른 사람들이 살았던 삶을, 그리고 교회의 삶을 관상한다. 그리고 이에 대해 기억하고 감사하는 것이다. 받은 은혜들을 되새기고 은총을 기념하기를 좋아한다. 교육에 대한 어떤 숙고에서 베르골리오는 이렇게 썼었다. "기억한다는 것은 성경적 의미에서는 받은 것에 대한 단순한 감사를 넘어서는 것이다. 그것은 우리에게 더 큰 사랑을 체험하도록 가르치고자 한다. 우리가 가고 있는 길에서 우리를 굳건하게 하고자 한다. 삶의 과정 안에서의 주님 현존의 은총으로서의 기억이요, 쓸모없는 짐꾸러미로서가 아니라 현재의 인식에 비추어 해석된 사실로서 우리를 인도하는 과거의 기억이다."[192]

이 "기억의" 기도의 한 예는 프란치스코 교황이 할머니 로사의 영적 유언장을 성무일도서 안에 간직하고 있다는 사실인데, 이 유언장은 그에게는 하나의 기도이다. 그 유언장에는 무엇보다도 이렇게 씌어 있다.

"나 자신의 가장 좋은 부분을 바친 내 손자가 오래오래 행복하게 살기를. 그러나 어느 날 고통이나 질병, 혹은 사랑하는 사람의 죽음이 그를 슬픔으로 채운다면, 가장 위대하고 엄위로운 순교자가 모셔진 감실 앞에서 탄식하고, 십자가 아래 서 계신 마리아를 바라본다면 가장 깊고 고통스러운 상처들 위에 향유 한 방울이 떨어질 수 있으리라."[193]

그에게 있어 기도는 실제로 살아가는 삶에서, 사랑하는 사람들에서, 역사에서 떨어질 수 없다. 결코 "절대적인 것"이 아니고 상황과 맥락에 따른 "상대적인 것"이다. 그의 기도가 지닌 극단적인 구체성과 "육신적 특성"[194]—

---

192 호르헤 마리오 베르골리오, 『규율과 열정』*Disciplina e passione*, p. 31 이하.

193 호르헤 마리오 베르골리오, 『교황 프란치스코. 새 교황이 자신에 대해 말하다』*Papa Francesco. Il nuovo Papa si racconta*, p. 121.

194 역주. 이 용어는 '육화'(肉化, incarnatio)라는 단어에서 저자가 파생시

나로서는 이렇게 말하고 싶어지는데—은 에제키엘 예언서 16장에 대한 묵상에서 나온다. 사실 이미 마이크가 꺼진 상태에서 한 교황과의 담화에서 나는 그가 특별히 그 대목을 좋아한다는 것을 발견했다. 그 16장에서 자기 자신을 알아보는 것이다. 내가 그와 나눈 대화가 지닌 또 다른 커다란 놀라움이었는데, 이것은 인터뷰의 공식 본문에는 들어가지 않았다.

이 16장에서 에제키엘은 비범한 표현능력을 갖고 있다. 이 대목의 주인공은 예루살렘이다. 하느님과 그분의 도시 사이의 관계가 다음과 같은 아주 강한 영상映像으로 묘사된다.

"…… 네가 크게 자라서 꽃다운 나이에 이르렀다. 젖가슴은 또렷이 드러나고 털도 다 자랐다. 그러나 너는 아직도 벌거벗은 알몸뚱이였다. 그때에 내가 다시 네 곁을 지나가다가 보니, 너는 사랑의 때에 이르러 있었다. 그래서 내가 옷자락을 펼쳐 네 알몸을 덮어주었다. 나는 너에게 맹세하고 너와 계약을 맺었다. 주 하느님의 말이다.

킨 단어로 육화의 결과로 인간의 모든 실제적 처지를 담고 있는 기도라는 의미이다.

그리하여 너는 나의 사람이 되었다. 나는 너를 물로 씻어주고 네 몸에 묻은 피를 닦고 기름을 발라주었다. 수놓은 옷을 입히고 돌고래 가죽신을 신겨주었고, 아마포 띠를 매어주고 비단으로 너를 덮어주었으며, 장신구로 치장해주었다. 두 팔에는 팔찌를, 목에는 목걸이를 걸어주고, 코에는 코걸이를, 두 귀에는 귀걸이를 달아주었으며, 머리에는 화려한 면류관을 씌워주었다. 이렇게 너는 금과 은으로 치장하고, 아마포 옷과 비단옷과 수놓은 옷을 입고서, 고운 곡식 가루 음식과 꿀과 기름을 먹었다. 너는 더욱더 아름다워져 왕비 자리에까지 오르게 되었다."

그럼에도 이 모든 사랑은 충분치 않았다. 오히려 그 반대였다. 자기 자신의 아름다움에 빠진 예루살렘은 자기 명성을 이용하여 지나가는 모든 사람에게 마음을 내주며 몸을 팔았다.

"너는 길 어귀마다 단을 쌓고 광장마다 대를 만들었다. 그러면서도 해웃값을 깔보아 마다하였으니, 너는 여느 창녀와 같지도 않구나! 오히려 남편 아닌 낯선 자들을 받아들여 간통하는 여자와 같다. 창녀들은 몸값을 받는 법이다. 그러나 너는 네 모든 정부에게 놀음차를 주었다. 불륜을 저지르는 너에게로 사방에서 모여들도록 그

들에게 선물을 주었다. 이렇게 너는 불륜을 저지르면서
도 다른 여자들과는 반대로 하였다. 누가 정을 통하려고
너를 따라온 것도 아니고, 네가 해웃값을 받는 것이 아니
라 오히려 해웃값을 내주니, 너는 반대로 한 것이다.”

　하지만 주님의 사랑에 찬 열정은 모든 것을 능가한다.
곧 증오와 멸시와 복수의 감정을 능가하는 것이다.

　“그러나 나는 네가 어린 시절에 너와 맺은 내 계약을
기억하고, 너와 영원한 계약을 세우겠다. 너와 맺은 계약
에는 들어 있지 않지만, 내가 네 동생들과 함께 네 언니
들도 데려다가 너에게 딸로 삼아주면, 너는 네가 걸어온
길을 기억하고 수치스러워할 것이다. 이렇게 내가 너와
계약을 세우면, 그제야 너는 내가 주님임을 알게 될 것이
다. 이는 네가 저지른 모든 일을 내가 용서할 때, 네가 지
난 일을 기억하고 부끄러워하며, 수치 때문에 입을 열지
못하게 하려는 것이다.”[195]

　베르골리오의 기도는 열정을 두려워하지 않으며 에제
키엘서의 영상들이 지닌 형체적 힘을 두려워하지 않는
데, 에제키엘서의 이 부분에는 하느님과 그분의 백성 사

---

[195] 역주. 번역은 한국주교회의 새 번역 『성경』의 것.

이의 관계에 대한 오로지 정신적이기만 한 관점이 없고, 육체와 매춘과 에로티시즘과 버림과 헤어짐의 광란과 분노와 부성적父性的 보호가 묘사된다. "관념으로가 아니라 육신으로 기도할" 필요가 있다고 프란치스코 교황은 2013년 6월 5일 산타 마르타에서의 미사 강론에서 말했다. 베르골리오가 받은 은혜들에 대해서 말할 때는 평온하고 목가적이고 평화로우며 삶의 아름답고 평온한 것들에 연결된 관점만을 언급하는 것이 아니다. 우리를 그분에게서 멀어지게 해야 할—아무래도 그렇게 하지는 못하지만—우리의 우상숭배적 매춘의 큰 죄에도 불구하고 하느님의 탁월한 은혜는 그분의 자비인데, 이 자비는 때로 대단히 육체적이기도 한 표상을 취한다.

이렇게 간음하고 매춘하는 예루살렘을 언급함으로써 프란치스코 교황은 그의 정체성에 대해 내가 했던 첫 번째 질문으로 돌아가는데, 그 질문에 그는 이렇게 답했다. "저는 주님께서 바라보아주신 죄인입니다."

이것이 호르헤 마리오 베르골리오이다.

잊을 수 없는 살구 주스

내가 프란치스코 교황과 함께 지낸 세 번의 오후는 예식적인 장치가 없었고 자연스러움이 특징이었다. 나는 두 번째 만남을 잘 기억하는데, 나는 언제나처럼 산타 마르타의 현관에서 맞아들여져서 승강기로 안내되었다. 세탁장의 산뜻함이 스며 있는 교황의 하얀 옷을 독특한 투명 비닐 보자기로 싸서 들고 있는 한 수녀가 나와 함께 올라갔다. 나는 수녀에게 말했다. "더러워지기 쉽겠어요!" 수녀가 대답했다. "교황님은 굉장히 조심하신답니다. 저에게 너무 많은 일을 주지 않으려고 하시지요." 승강기에서 내려서 보니 문이 반쯤 열려 있었다. 비서가 노크를 하니 안에서 그의 소리가 들렸다. "오세요, 들어오세요, 들어와요!" 그는 서 있었는데 책상 위의 서류들을 들고 있다가 곧 내려놓았다. 바로 그 순간, 무슨 이야기를 하다가 나왔는지는 지금 기억하지 못하겠는데, 그는 나에게 이렇게 말했다. "평범할 필요가 있어요. 삶은 평범하지요." 우리의 인터뷰는 "평범했다." 세 번의 만남 후에 나눈 인사 역시 평범했다. 비록 그가 자신을 위해 기도해달라고 신신당부하고자 기어코 밖에까지 나와 나를 전송

했지만 말이다. 나도 그에게 강복降福을 청하는 것을 포기하지 않았는데, 그 강복은 급하거나 형식적인 것이 아니었다. 교황은 허공에 손짓으로 성호聖號[196]를 긋는 것만이 아니라 강복을 받는 사람의 머리에 손을 얹고 안수按手하기를 좋아했다.

인터뷰를 마치자 나는 우리가 나눈 이야기를 다시 들을 시간이 필요했다. 어떤 대목들은 여러 번 다시 들었다. 그러면서 나는 그것이 하나의 광산이라는 것을 깨달았다. 나는 녹취를 한 다음 그 기록을 교황에게 넘겨 그가 차분히 다시 보도록 했다. 실제로는 한 단락은 내가 읽고 한 단락은 그가 읽는 방식으로 두 사람의 목소리로 천천히 다시 읽으면서 함께 재검토하기를 그는 원했다. 그 글을, 그 흐름을, 그리고 요점들을 하나씩 생생한 목소리로 다시 읽어간다는 것이 무엇을 의미했는지를 나는 쉽게 설명할 수가 없다. 텍스트를 큰 소리로 읽는 것은 중요했는데, 우리가 교대로 했던 낭독 덕분에 무엇을 보존하고 무엇을 뺄 것인가에 대한 숙고가 다시 생생한 대

---

196 역주. 천주교에서 기도를 시작하거나 마칠 때, 혹은 사람이나 물건에 강복할 때 "성부와 성자와 성령의 이름으로" 하고 말하면서 손으로 긋는 십자가 표시.

화의 형태를 취했기 때문이다. 최종 텍스트는 통합된 본문으로 출판되었다. 이 책의 해설 부분에서 나는 몇 대목과 몇 가지 기억을 복구했는데 보통 추후에 주어지는 지혜를 통해 특별히 중요하게 여겨졌기 때문이다. 교황은 자신이 직접 그 부분들을 검증해주었다.

두 사람이 함께 낭독할 때—당연히 시간이 오래 걸렸는데—교황은 어느 순간 내가 입안이 말랐다는 것을 알아차리고 나에게 살구 주스와 레몬 주스 중 무엇을 원하느냐고 물었다. 그 흔하지 않은 양자택일이 나에게는 인상적이었다. 나는 교황이 누군가를 불러 주스를 가져오게 하리라고 예상하며 살구 주스를 선택했다. 그런데 그는 자리에서 일어나서 컵과 냅킨과 살구 주스가 든 작은 병을 들고 오더니 직접 나에게 따라주고 자기는 레몬 주스를 마시는 것이었다. 고백하건대 나는 사실 결코 살구 주스를 특별히 좋아하진 않았지만, 그 순간부터 살구 주스는 나에게 소중한 것이 되었다.

부 록

『치빌타 카톨리카』의 집필자 공동체에서 한

교황 프란치스코의 연설

쌀라 데이 빠삐[197]

2013년 6월 14일 금요일

주님 안에서 사랑하는 형제 여러분,

집필자 여러분과 여러분 공동체 전체, 그리고 수녀님들과 행정관계자 여러분을 만나게 되어 기쁩니다. 『치빌타 카톨리카』의 예수회원들은 1850년부터 교황 및 사도좌使

---

197 역주. '교황들의 홀'이라는 의미로 교황들의 사진이 걸려 있어서 붙여진 이름이다.

徒座[198]와 특별한 연계를 가진 일을 해오고 있습니다. 저의 전임자들은 여러분을 알현하면서 이 결속이 여러분의 잡지의 본질적 특징임을 여러 차례 인정했습니다. 오늘 저는 여러분의 임무에 도움이 될 만한 세 개의 단어를 여러분에게 권고하고 싶습니다.

첫 번째 단어는 '대화'입니다. 여러분은 중요한 문화적 봉사를 하고 있습니다. 『치빌타 카톨리카』의 태도와 스타일은 처음에는 당시의 전체적 분위기에 어울리게 투쟁적이었고 자주 신랄한 논쟁을 벌이기도 했습니다. 잡지의 163년 역사를 되돌아보면 여러 입장의 풍요로운 다양성이 두드러지는데 이는 역사적 상황의 변화에 기인하기도 하고 필자들 개개인의 개성에 기인하기도 하지요. 교회에 대한 여러분의 충실성은 또한 닫혀 있고 병든 마음의 결과인 위선에 맞서 불굴의 태도를 가질 것을 요구합니다. 이 병에 맞서 단호해야 합니다. 하지만 여러분의 주요한 과제는 벽을 쌓는 것이 아니라 다리를 놓는 것입니다. 곧 모든 사람과 대화를 하는 것이지요. 그리스도교

---

198 역주. 사도들의 으뜸인 성 베드로의 후계자인 교황의 권위와 권한을 집행하는 주체인 교황청을 가리킨다.

신앙을 공유하지는 않지만 "인간 정신의 드높은 가치를 고양하는" 사람들, 심지어는 "교회를 반대하고 여러모로 교회를 박해하는 사람들"과도요(사목 헌장 92). 토론하고 공유할 인간적 문제들이 많은데, 대화 안에서는 항상 하느님의 선물인 진리에 다가갈 수가 있으며 서로 상대를 풍요롭게 할 수가 있습니다. 대화한다는 것은 다른 사람이 뭔가 말할 것이 있는데, 그것이 좋은 것이라고 확신하는 것, 물론 상대주의에 빠지는 일 없이, 그의 관점과 그의 의견과 그의 제안에 자리를 마련해주는 것을 의미합니다. 그리고 대화를 하기 위해서는 방어의 벽을 낮추고 문을 열 필요가 있습니다. 모든 사람의 선익善益에 마음을 쓰고 공동선共同善을 위해 일하는 시민의 양성에 기여하기 위해서도 문화적·사회적·정치적 제도들과 대화를 계속하십시오. "가톨릭 문명"[199]은 사랑과 자비와 신앙의 문명입니다.

두 번째 단어는 '식별'입니다. 여러분의 과제는 우리 시대의 기대와 갈망과 기쁨과 드라마를 모아 표현하고 복음에 비추어 현실을 읽어내기 위한 요소들을 제공하는

---

[199] 역주. 『치빌타 카톨리카』라는 잡지 이름의 의미.

것입니다. 오늘날은 커다란 영적靈的 요구가 과거 그 어느 때보다도 생생한데 누군가 그것들을 해석하고 이해하는 사람이 필요합니다. 겸손하고 열린 지성으로, 로욜라의 이냐시오가 쓴 것처럼 '모든 것 안에서 하느님을 찾고 발견하십시오.' 하느님은 각 사람의 삶과 문화 안에서 활동하십니다. 성령께서는 불고 싶으신 곳으로 부십니다. 하느님께서 이루신 일을, 그리고 그분이 당신 일을 어떻게 계속하실 것인지를 발견하도록 노력하십시오. 예수회원들의 보화寶貨는 바로, 인간적·문화적 실재 안에서 하느님 성령의 현존을 알아보고, 사건들 안에, 사람들의 마음과 사회적·문화적·영적 상황 안에 깃든 뿌리 깊은 긴장 속에 이미 심어진 씨앗을 알아보려고 하는 영적 식별입니다. 라너[201]가 한 말이 생각납니다. 곧 예수회원은 하느님 분야에서, 그리고 악마 분야에서도 식별의 전문가입니다. 진리를 발견하기 위해서는 식별을 계속해나가는 것을 두려워하지 말아야 한다는 겁니다. 라너의 이 말이 저에게는 꽤나 인상적이었습니다.

---

200 역주. 칼 라너Karl Rahner(1904~1984)는 독일인 예수회원 신학자로 20세기 최대의 신학자 중 하나로 꼽히며 제2차 바티칸 공의회의 신학자문이기도 했다.

모든 것 안에서, 지식과 예술과 학문과 정치적·사회적·경제적 삶의 모든 분야에서 하느님을 찾기 위해서는 연구와 감수성과 체험이 필요합니다. 여러분이 다루는 소재들 중 어떤 것들은 그리스도교적 관점과 명시적 관련이 없을 수도 있지만, 사람들이 자기 자신과 자기를 둘러싼 세계를 이해하는 방식을 파악하기 위해 중요한 것들입니다. 정보를 주기 위한 여러분의 관찰은 폭 넓고 객관적이고 시의적절해야 합니다. 하느님의 진리와 선하심과 아름다우심에 대해 특별한 주의를 기울일 필요도 있는데, 이것들은 항상 함께 고려되어야 하며, 인간의 존엄성을 지키려는 노력에서, 평화로운 공존의 건설에서, 그리고 피조물을 신중하게 보존함에 있어서 소중한 동맹자입니다. 이러한 주의 깊은 관심에서 사건들에 대한 평온하고 진지하고 강력한 판단이, 그리스도께서 비추어주시는 판단이 나옵니다. 마태오 리치와 같은 위대한 인물들이 그 모델입니다. 이 모든 것이 요구하는 것은 늘 자신에게 준거하는 영적 질병을 피하면서 마음과 정신을 열어놓는 것입니다. 교회 역시 자기에게 준거할 때 병이 들고 늙습니다. 그리스도에게 확고하게 고정된 우리의 시선은 예언적이어야 하고 미래를 향한 역동적인 것이어야

225

할 것입니다. 이렇게 함으로써 여러분은 사건들을 읽어
내는 데 있어서 항상 젊고 대담할 것입니다!

세 번째 단어는 '변방'입니다. 『치빌타 카톨리카』와 같
은 문화잡지의 사명은 현대의 문화적 논의에 참여하며,
진지하고도 동시에 접근이 가능한 방식으로 그리스도교
신앙에서 오는 관점을 제안합니다. 복음과 문화 사이의
단절은 의심할 바 없이 하나의 드라마입니다(「현대의 복음선
교」*Evangelii nuntiandi*, 20 참조)[201]. 여러분은 여러분 각자와 여러
분의 독자들의 마음도 통과해가는 이 단절을 치유하는
데 기여하도록 부름받았습니다. 이러한 직무는 예수회의
사명에서 전형적인 직무입니다. 여러분의 숙고와 여러분
의 심화작업으로 문화적·사회적 과정을 동반하고, 힘겨
운 과도기를 살고 있는 사람들을 동반하십시오. 여러분
에게 고유한 자리는 변방입니다. 이것이 예수회원들의
자리입니다. 바오로 6세가 예수회에 하신 말씀—베네딕
토 16세도 가져다 쓰신—은 오늘날에도 특별한 방식으
로 여러분에게 해당됩니다. "교회 안의 어디에나, 또한

---

[201] 역주. 1975년 현대 세계의 복음화에 관하여 교황 바오로 6세가 발표한
권고문헌.

가장 어려운 분야들과 막다른 곳과 이데올로기들이 엇갈리는 교차로와 사회적 참호 어디에나, 인간의 화급한 요구들과 복음의 항구한 메시지 사이의 대조가 있어왔고 지금도 있는 곳이라면 어디에나 예수회원들이 존재해왔고 지금도 존재합니다." 하느님으로부터 오는 그 능력으로(2코린 3.6 참조) 부디 변방의 사람들이 되십시오. 그렇지만 변방을 길들이려는 유혹에는 빠지지 마십시오. 곧 변방을 향해서 가야 하는 것이지, 변방에 니스 칠을 좀 해서 길들이려고 변방을 집으로 가져와서는 안 됩니다. 빠르게 변화하는 세계, 그리고 신앙생활에 커다란 중요성을 가지는 문제들로 동요하는 오늘날의 세상에서는 삶에 의미를 부여하고 하느님을 찾는 사람들에게 설득력 있는 답을 제공할 수 있는, 확신에 차고 성숙한 신앙으로 교육하기 위한 용감한 노력이 시급합니다. 교회의 사명이 지닌 모든 분야에서 교회의 활동을 지원하는 것이지요. 『치빌타 카톨리카』가 금년에 새로워졌습니다. 새로운 그래픽을 도입했고, 디지털 판으로도 읽을 수 있으며 소셜 네트워크에서도 독자들에게 도달할 수 있습니다. 이런 것들 역시 여러분이 활동하도록 부름받은 변방입니다. 이 길로 계속 나아가십시오!

사랑하는 신부님들, 여러분 가운데 젊은 분들과 덜 젊은 분들, 그리고 노인들이 보이는군요. 여러분의 잡지는 그 종류들 중에서 유일한 것으로 삶과 연구의 공동체에서 태어났습니다. 소리가 하나로 모아지는 합창단처럼 각자가 자기 목소리를 가져야 하고 그 목소리를 다른 사람들의 목소리와 조화시켜야 합니다. 사랑하는 형제 여러분, 힘내세요! 저는 여러분에게 의지할 수 있음을 확신합니다. 여러분을 길의 성모님[202]께 맡겨드리고, 여러분과 편집자들과 협력자들과 수녀님들에게, 그리고 잡지의 모든 독자들에게도 마찬가지로 저의 축복을 드립니다.

---

202 역주. 예수회가 시작된 곳이자 성 이냐시오의 무덤이 있는 로마의 예수 성당 안에 자리한 작은 경당에 모셔진 15세기, 혹은 16세기의 성모 성화의 이름. 예수회의 수호자로 성 이냐시오가 군인이던 시절 전투 중 길의 성모의 중재로 보호를 받은 적이 있다고 말해진다.

옮기고 나서

어떤 때는 주무시는 듯 보여 우리의 애를 태우기도 하시는 성령이 2013년 3월에 가톨릭교회 안에, 아니 교회를 통해 전 세계에 돌풍을 일으키셨다. 선출 당일부터 범상치 않은 교황 프란치스코의 행보를 번역하여 공동체 자매들에게 나누고 자료집으로 묶어, 혹은 강의를 통하여 신자들, 수도자들, 신학생들에게도 나누면서 누가 시키지 않은 일로 바빴다. 매일같이 그 말씀의 맛과 힘에 끌려 기쁘게 바빴고 삶에도 영향을 받았다. 이런 것이 신바람이겠다. 교회에 불어온 신神바람風, 성령의 바람 말이다.

작년 9월부터는 교황의 말씀과 행보를 전하는 방송까지 떠맡아서 이젠 의무가 되었다. 인터넷을 통해서도 교황의 말씀을 날랐다. 그분의 말씀과 행보는 종교여부를 막론하고 사람들을 끌었다. 매일 미사 강론과 모든 기회에 쏟아내시는 말씀으로 교황이 이렇게 온 세상 신자들 개개인의 삶에 개입하고 영적 지도를 하는 일은 아마도 처음이리라. 그러다가 이 책의 번역도 맡았다. 밀려드는 일들 사이사이로 조각시간을 내서 하면서도 기쁘게 했지만 뜻밖의 난관도 있었다.

많지 않은 번역 체험 중 이번 번역의 특징은 일종의 종교 전문서적을 천주교회 밖의 출판사를 통해 천주교 신자가 아닌 일반 독자를 대상으로 포함한다는 것이었다. 천주교의 성직수도자요 신학자인 두 사람의 대담을, 천주교의 고유한 문화와 신학에 기초한 언어와 관습을 그리스도교 신자가 아닌 일반인들이 알아듣게 번역하고 역주를 붙이는 작업은 적지 않은 부담이었다. 그러나 한편으로는 이를 통해 복음과 교회의 보화를 나눈다는 기쁨도 있었다. 또 문화의 복음화라는 교회의 과제가 얼마나 까마득한지도 깨달았고, 내가 교회에 들어오기 전에 통감했던 천주교회의 자기중심적 평온함을, 이제는 내가 물들어 버린 그것을 외부인의 눈을 통해 깨닫기도 했다. 천주교 신자 독자들은 본인들에게는 불필요한 역주들이 귀찮더라도 이런 관점에서 양해해주시길 바란다.

교황의 대담을 실은 잡지가 나오자마자 세계적인 관심을 끌었는데, 이 대담은 개인적인 관심사를 비롯하여 다른 기회에 말한 몇몇 주제를 심도 있게 설명하고 있어서 그의 가르침을 이해하는 데 큰 도움이 될 것이다. 특히 그의 문헌「복음의 기쁨」을 이해하는 데 큰 도움이 되는 참고서로도 가치를 지닌다. 문헌에서는 핵심적인 내용만 들어 있는 주제나 설명 없이 쓰는 어떤 개념들을 이 대담에서는 교황 자신이 직접 설명한다.

모처럼 불어온 '신바람'이 부족한 번역을 통해서라도 종교의 구별을 떠나 세상을 정화하고 독자의 마음을 밝혀 주는 빛이 되기를 희망한다. 공동체의 임무들을 면제해주고(설거지를 상습적으로 빠져 '먹튀'라는 오명을 얻었다) 여러 의견과 인내로 도와준 공동체 자매들에게 감사한다.

2014년 6월 8일 성령강림 대축일에

국춘심 방그라시아 수녀

나의 문은 항상 열려 있습니다

1판 1쇄 인쇄 2014년 6월 30일
1판 1쇄 발행 2014년 7월 14일

지은이   프란치스코, 안토니오 스파다로
옮긴이   국춘심
펴낸이   임양묵
펴낸곳   솔출판사
디자인   이주영
제작관리   황지영

주소   서울시 마포구 서교동 342-8
전화   02-332-1526~8
팩시밀리   02-332-1529
홈페이지   www.solbook.co.kr
이메일   solbook@solbook.co.kr
출판등록   1990년 9월 15일 제10-420호

ISBN   978-89-8133-013-2 03880

• 이 도서의 국립중앙도서관 출판시 도서목록(CIP)은 e-CIP 홈페이지(http://www.
  nl.go.kr/ecip)에서 이용하실 수 있습니다.
  (CIP제어번호:2014018145)